新潮文庫

海潮音

上田敏訳詩集

新潮社版

462

遥に満州なる森鷗外氏に此の書を献ず

大寺の香の煙はほそくとも、空にのぼりて
あまぐもとなる、あまぐもとなる。

獅子舞歌

海潮音 序

巻中収むる処《ところ》の詩五十七章、詩家二十九人、伊太利亜《イタリア》に三人、英吉利《イギリス》に四人、独逸《ドイツ》に七人、プロヴァンスに一人、而《しか》して仏蘭西《フランス》には十四人の多きに達し、曩《さき》の高踏派と今の象徴派とに属する者その大部を占む。

高踏派の壮麗体を訳すに当りて、多く所謂《いはゆる》七五調を基としたる詩形を用ゐ、象徴派の幽婉《いうゑん》体を翻《ほん》するに多少の変格を敢《あへ》てしたるは、その各《おのおの》の原調に適合せしめむが為《ため》なり。

詩に象徴を用ゐること、必らずしも近代の創意にあらず、これ或は山岳と共に旧《ふる》きものならむ。然れどもこれを作詩の中心とし本義として故《ことさ》らに標榜《へうぼう》する処あるは、蓋《けだ》し二十年来の仏蘭西新詩を以て嚆矢《かうし》とす。近代の仏詩は高踏派の名篇に於《おい》て発展の極に達し、彫心《てうしんる》鏤骨《こつ》の技巧実に燦爛《さんらん》の美を恣《ほしいまま》にす、今ここに一転機を生ぜずむばあらざるなり。マラルメ、ヴェルレエヌの名家これに観る処ありて、清新の機運を促成し、終《つひ》に象徴を唱へ、自由詩形を説けり。訳者は今の日本詩壇に対《むか》て、専《もっぱ》らこれに則《のっと》れと云ふ者にあらず、素性の然らしむる処か、訳者の同情は寧《むし》ろ高踏派の上に在り、はたまたダンヌンチオ、オオバネルの詩に注げり。然れども又徒《いたづ》らに晦渋《くわいじふ》と奇怪とを以て象徴派を攻むる者に同ぜず。幽婉奇聳《きしよう》の新声、今人胸奥《きようあう》の絃に触るるにあらずや。坦々たる古道の尽くるあたり、荊棘《けいきよく》路を塞《ふさ》ぎたる原野に対《むか》て、これが開拓を勤むる勇猛の徒を貶《けな》す者は怯《けふ》に非《あ》らずむば惰なり。

　訳者嘗《かつ》て十年の昔、白耳義《ベルギー》文学を紹介し、稍《やや》後れて、仏蘭西詩壇の新声、特にヴェルレエヌ、ヴェルハアレン、ロオデンバッハ、マラルメの事を説きし時、如上《うへのごとき》文人の作なほ未《いま》だ西欧の評壇に於ても今日の声誉《せいよ》を博する事能《あた》はざりしが、爾来《じらい》世運の転移と共に清新の詩文を解する者、漸《やうや》く数を増し勢《いきほひ》を加へ、マアテルリンクの如きは、全欧思想界の一方に覇《は》を称するに至れり。人心観想の黙移実に驚くべきかな。近体新声の耳目に嫺《なら》はざるを以て、倉皇《さうくわう》視聴を掩《おほ》はむとする人々よ、詩天の星の宿は徙りぬ、心せよ。

　日本詩壇に於ける象徴詩の伝来、日なほ浅く、作未だ多からざるに当《あたり》て、既《すで》に早く評壇の一隅に囁々《せふせふ》の語を為《な》す者ありと聞く。象徴派の詩人を目して徒らに神経の鋭きに傲《おご》る者なりと非議する評家よ、卿等《けいら》の神経こそ寧ろ過敏の徴候を呈したらずや。未だ新声の美を味《あぢは》ひ功を収めざるに先《さき》ちて、早くその弊竇《へいとう》に戦慄《せんりつ》するものは誰ぞ。

欧洲の評壇また今に保守の論を唱ふる者無きにあらず。仏蘭西のブリュンチエル等の如きこれなり。訳者は芸術に対する態度と趣味とに於て、この偏想家と頗《すこぶ》る説を異にしたれば、その云ふ処に一々首肯《しゆこう》する能はざれど、仏蘭西詩壇一部の極端派を制馭《せいぎよ》する消極の評論としては、稍《やや》耳を傾く可《べ》きもの無しとせざるなり。而してヤスナヤ・ポリヤナの老伯が近代文明呪詛《じゆそ》の声として、その一端をかの「芸術論」に露《あらは》したるに至りては、全く賛同の意を呈する能はざるなり。トルストイ伯の人格は訳者の欽仰《きんぎやう》措《お》かざる者なりと雖《いへど》も、その人生観に就ては、根本に於て既に訳者と見を異にす。抑《そもそ》も伯が芸術論はかの世界観の一片に過ぎず。近代新声の評隲《ひやうしつ》に就て、非常なる見解の相違ある素《もと》より怪《あやし》む可きにあらず。日本の評家等が僅《わづか》に「芸術論」の一部を抽読《ちうどく》して、象徴派の貶斥《へんせき》に一大声援を得たる如き心地あるは、毫《がう》も清新体の詩人に打撃を与ふる能はざるのみか、却《かへつ》て老伯の議論を誤解したる者なりと謂《い》ふ可し。人生観の根本問題に於て、伯と説を異にしながら、その論理上必須の結果たる芸術観のみに就て賛意を表さむと試むるも難いかな。

象徴の用は、これが助を藉《か》りて詩人の観想に類似したる一の心状を読者に与ふるに在りて、必らずしも同一の概念を伝へむと勉《つと》むるに非ず。されば静に象徴詩を味ふ者は、自己の感興に応じて、詩人も未だ説き及ぼさざる言語道断の妙趣を翫賞《ぐわんしやう》し得可し。

故に一篇の詩に対する解釈は人各或は見を異にすべく、要は只類似の心状を喚起するに在りとす。例へば本書一〇四頁「鷺《さぎ》の歌」を誦するに当《あたり》て読者は種々の解釈を試むべき自由を有す。この詩を広く人生に擬《ぎ》して解せむか、曰《いは》く、凡俗の大衆は眼低し。法利賽《パリサイ》の徒と共に虚偽の生を営みて、醜辱汚穢《しうじよくをわい》の沼に網うつ、名や財や、はた楽欲《げうよく》を漁《あさ》らむとすなり。唯、縹緲《へうべう》たる理想の白鷺は羽風徐《おもむろ》に羽撃《はばた》きて、久方の天に飛び、影は落ちて、骨蓬《かうほね》の白く清らにも漂ふ水の面に映りぬ。これを捉へむとしてえせず、この世のものならざればなりと。されどこれ只一の解釈たるに過ぎず、或は意を狭くして詩に一身の運を寄するも可ならむ。肉体の欲に饜《あ》きて、とこしへに精神の愛に飢ゑたる放縦生活の悲愁ここに湛《たた》へられ、或は空想の泡沫《はうまつ》に帰するを哀《あはれ》みて、真理の捉へ難きに憧《あこ》がるる哲人の愁思もほのめかさる。而してこの詩の喚起する心状に至りては皆相似《あひ》たり。一二七頁「花冠」は詩人が黄昏《たそがれ》の途上に佇《たたず》みて、「活動」、「楽欲」、「驕慢《けうまん》」の邦《くに》に漂遊して、今や帰り来《きた》れる幾多の「想」と相語るに擬したり。彼等黙然として頭俛《た》れ、齎《もた》らす処只幻惑の悲音のみ。孤《ひと》りこれ等の姉妹と道を異にしたるか、終に帰り来らざる「理想」は法苑林《ほふをんりん》の樹間に「愛」と相睦《むつ》み語らふならむといふに在りて、冷艶《れいえん》素香の美、今の仏詩壇に冠たる詩なり。

訳述の法に就ては訳者自ら語るを好まず。只訳詩の覚悟に関して、ロセッティが伊太利古詩翻訳の序に述べたると同一の見を持したりと告白す。異邦の詩文の美を移植せむとする者は、既に成語に富みたる自国詩文の技巧の為め、清新の趣味を犠牲にする事あるべからず。しかも彼所謂《かのいはゆる》逐語訳は必らずしも忠実訳にあらず。されば「東行西行雲眇眇《べうべう》。二月三月日遅遅」を「とざまにゆき、かうざまに、くもはるばる。きさらぎ、やよひ、ひうらうら」と訓《よ》み給ひけむ神託もさることながら、大江朝綱《おほえのあさつな》が二条の家に物張の尼が「月によつて長安百尺の楼に上る」と詠じたる例に従ひたる処多し。

明治三十八年初秋

上田　敏

目次

海潮音

燕の歌

ガブリエレ・ダンヌンチオ

弥生《やよひ》ついたち、はつ燕《つばめ》、
海のあなたの静けき国の
便《たより》もてきぬ、うれしき文《ふみ》を。
春のはつ花、にほひを尋《と》むる
あゝ、よろこびのつばくらめ。
黒と白との染分縞《そめわけじま》は
春の心の舞姿。

弥生来にけり、如月《きさらぎ》は
風もろともに、けふ去りぬ。
栗鼠《りす》の毛衣《けごろも》脱ぎすてて、
綾子《りんず》羽ぶたへ今様《いまやう》に、

春の川瀬をかちわたり、
しなだる、枝の森わけて、
舞ひつ、歌ひつ、足速《あしばや》の
恋慕の人ぞむれ遊ぶ。
岡に摘む花、菫《すみれ》ぐさ、
草は香りぬ、君ゆゑに、
素足の「春」の君ゆゑに。

けふは野山も新妻《にひづま》の姿に通ひ、
わだつみの波は輝く阿古屋珠《あこやだま》。
あれ、藪陰《やぶかげ》の黒鶫《くろつぐみ》、
あれ、なか空《そら》に揚雲雀《あげひばり》。
つれなき風は吹きすぎて、
旧巣《ふるす》啣《くは》へて飛び去りぬ。
あゝ、南国のぬれつばめ、
尾羽《をばね》は矢羽根《やばね》よ、鳴く音《ね》は弦《つる》を

「春」のひくおと「春」の手の。

あゝ、よろこびの美鳥《うまどり》よ、
黒と白との水干《すいかん》に、
舞の足どり教へよと、
しばし招がむ、つばくらめ。
たぐひもあらぬ麗人《れいじん》の
イソルダ姫の物語、
飾り画《ゑが》けるこの殿《との》に
しばしはあれよ、つばくらめ。
かづけの花環こゝにあり、
ひとやにはあらぬ花籠を
給ふあえかの姫君は、
フランチェスカの前ならで、
まことは「春」のめがみ大神《おほがみ》。

声曲《もののね》

ガブリエレ・ダンヌンチオ

われはきく、よもすがら、わが胸の上に、君眠る時、
吾は聴く、夜の静寂《しづけき》に、滴《したたり》の落つるを将《はた》、落つるを。
常にかつ近み、かつ遠み、絶間《たえま》なく落つるをきく、
夜もすがら、君眠る時、君眠る時、われひとりして。

真《ま》昼《ひる》

ルコント・ドゥ・リイル

「夏」の帝《みかど》の「真《ま》昼時《ひるどき》」は、大野《おほの》が原に広ごりて、
白銀色《しろがねいろ》の布引《ぬのびき》に、青天《あをぞら》くだし天降《あもり》しぬ。
寂《じやく》たるよもの光景《けしき》かな。耀く虚空《こくう》、風絶えて、
炎《ほのほ》のころも、纏《まと》ひたる地《つち》の熟睡《うまい》の静心《しづごころ》。
眼路《めぢ》眇茫《べうばう》として極《きはみ》無く、樹蔭《こかげ》も見えぬ大野らや、
牧《まき》の畜《けもの》の水かひ場《ば》、泉は涸《か》れて音も無し。
野末遥けき森蔭は、裾《すそ》の界《さかひ》の線《すぢ》黒み、
不動の姿夢重く、寂寞《じやくまく》として眠りたり。

唯熟したる麦の田は黄金海《わうごんかい》と連《つら》なりて、
かぎりも波の揺蕩《たゆたひ》に、眠るも鈍《おぞ》と嘲《あざ》みがほ、

聖なる地《つち》の安らけき児等《こら》の姿を見よやとて、
畏《おそ》れ憚《はばか》るけしき無く、日の觴《さかづき》を嚥《の》み干しぬ。

また、邂逅《わくらば》に吐息なす心の熱の穂に出で、、
囁声《つぶやきごゑ》のそこはかと、鬚長頴《ひげながかひ》の胸のうへ、
覚めたる波の揺動《ゆさぶり》や、うねりも貴《あて》におほどかに
起きてまた伏す行末は沙《すな》たち迷ふ雲のはて。

程遠からぬ青草の牧に伏したる白牛《はくぎう》が、
肉置《ししおき》厚き喉袋《のどぶくろ》、涎《よだれ》に濡《ぬ》らす慵《ものう》げさ、
妙《たへ》に気高《けだか》き眼差《まなざし》も、世の煩累《わづらひ》に倦《う》みしごと、
終《つひ》に見果てぬ内心の夢の衢《ちまた》に迷ふらむ。

人よ、爾《いまし》の心中を、喜怒哀楽に乱されて、
光明道《くわうみやうだう》の此原《このはら》の真《ま》昼《ひる》を孤《ひと》り過ぎゆかば、
逭《の》がれよ、こゝに万物は、凡《す》べて虚《うつろ》ぞ、日は燬《や》かむ。

ものみな、こゝに命無く、悦《よろこび》も無し、はた憂《うれひ》無し。

されど涙《なんだ》や笑声《せうせい》の惑《まどひ》を脱し、万象《ばんしやう》の
流《る》転《てん》の相《さう》を忘《ばう》ぜむと、心の渇《かわき》いと切《せち》に、
現身《うつそみ》の世を赦《ゆる》しえず、はた咀《のろ》ひえぬ観念の
眼《まなこ》放ちて、幽遠の大歓楽を念じなば、

来れ、此地の天日《てんじつ》にこよなき法《のり》の言葉あり、
親み難き炎上《えんじやう》の無《む》間《げん》に沈め、なが思《おもひ》、
かくての後は、濁世の都をさして行くもよし、
物の七《なな》たび涅槃《ニルヴァナ》に浸りて澄みし心もて。

大饑餓

ルコント・ドゥ・リイル

夢円《まどか》なる滄溟《わだのはら》、濤《なみ》の巻曲《うねり》の揺蕩《たゆたひ》に
夜天《やてん》の星の影見えて、小島《をじま》の群と輝きぬ。
紫磨《しま》黄金《わうごん》の良夜《あたらよ》は、寂寞《じやくまく》としてまた幽《く》に
奇しき畏《おそれ》の満ちわたる海と空との原の上。

無辺の天や無量海、底《そこ》ひも知らぬ深淵《しんえん》は
憂愁の国、寂光土、また譬《たと》ふべし、炫燿郷《げんえうきやう》。
墳塋《おくつき》にして、はた伽藍《がらん》、赫灼《かくやく》として幽遠の
大荒原《だいくわうげん》の縦横《たてよこ》を、あら、万眼《まんがん》の魚鱗《うろくづ》や。

青空《せいくう》かくも荘厳に、大水《だいすい》更に神寂《かみさ》びて
大光明の遍照《へんぜう》に、宏大無辺界中《くわうだいむへんかいちゆう》に、

うつらうつらの夢枕、煩悩界《ぼんなうかい》の諸苦患《しよくげん》も、
こゝに通はぬその夢の限も知らず大いなる。

かゝりし程に、粗膚《あらはだ》の蓬起皮《ふくだみがは》のしなやかに
飢《うゑ》にや狂ふ、おどろしき深海底《ふかうみぞこ》のわたり魚《うを》、
あふさきるさの徘徊《もとほり》に、身の鬱憂を紛れむと、
南蛮鉄《なんばんてつ》の腮《あぎと》をぞ、くわつとばかりに開いたる。

素《もと》より無辺天空を仰ぐにはあらぬ魚の身の、
参《からすき》の宿《しゆく》、みつ星《ぼし》や、三角星《さんかくせい》や天蝎宮《てんかつきう》、
無限に曳《ひ》ける光芒《くわうばう》のゆくてに思馳《おもひは》するなく、
北斗星前《ほくとせいぜん》、横《よこた》はる大熊星《だいゆうせい》もなにかあらむ。

唯、ひとすぢに、生肉《せいにく》を嚙まむ、砕かむ、割《さ》かばやと、
常の心は、朱《あけ》に染み、血の気に欲を湛《たた》へつゝ、
影暗うして水重き潮の底の荒原を、

曇れる眼《まなこ》、きらめかし、悽惨《せいさん》として遅々たりや。

こゝ虚《うつろ》なる無声境《むせいきやう》、浮べる物や、泳ぐもの、
生きたる物も、死したるも、此空漠《くうばく》の荒野《あらぬ》には、
音信《おとづれ》も無し、影も無し。たゞ水先《みづさき》の小《こ》判鮫《ばんざめ》、
真黒《まくろ》の鰭《ひれ》のひたうへに、沈々として眠るのみ。

行きね妖怪《あやかし》、なれが身も人間道《にんげんだう》に異ならず、
醜悪《しうを》、獰猛《だうまう》、暴戻《ばうれい》のたえて異なるふしも無し。
心安かれ、鱶《ふか》ざめよ、明日《あす》や食らはむ人間を、
又さはいへど、汝《なれ》が身も、明日や食はれむ、人間に。

聖なる飢《うゑ》は正法《しやうほふ》の永くつゞける殺生業《せつしやうごふ》、
かげ深海《ふかうみ》も光明の天《あま》つみそらもけぢめなし。
それ人間も、鱶鮫《ふかざめ》も、残害《ざんがい》の徒も、餌食《ゑじき》等も、
見よ、死の神の前にして、二つながらに罪ぞ無き。

象

ルコント・ドゥ・リイル

沙漠《さばく》は丹《たん》の色にして、波漫々《まんまん》たるわだつみの
音しづまりて、日に煅《や》けて、熟睡《うまい》の床に伏す如く、
不動のうねり、大《おほ》らかに、ゆくらゆくらに伝《つたは》らむ、
人住むあたり銅《あかがね》の雲、たち籠むる眼路《めぢ》のすゑ。

命も音も絶えて無し。餌《ゑば》に飽きたる唐獅子《からじし》も、
百里の遠き洞窟《ほらあな》の奥にや今は眠るらむ。
また岩清水迸《ほとばし》る長沙《ちやうさ》の央《なかば》、青葉かげ、
豹《へう》も来て飲む椰子《やし》森《りん》は、麒麟《きりん》が常の水かひ場。

大日輪の走《は》せ廻《めぐ》る気重き虚空《こくう》鞭《むち》うつて、
羽《は》搔《がき》の音の声高き一鳥《いつてう》遂に飛びも来ず、

たまたま見たり、蟒蛇《うはばみ》の夢も熱きか円寝《まろね》して、
とぐろの綱を動せば、鱗《うろこ》の光まばゆきを。

一天霽《いってんは》れて、そが下に、かゝる炎の野はあれど、
物鬱《ものうつ》として、寂寥《せきれう》のきはみを尽すをりしもあれ、
皺《しわ》だむ象の一群よ、太しき脚の練歩《ねりあし》に、
うまれの里の野を捨てゝ、大沙原《おほすなばら》を横に行く。

地平のあたり、一団の褐色《くりいろ》なして、列《つら》なめて、
みれば砂塵を蹴立てつゝ、路無き原を直道《ひたみち》に、
ゆくてのさきの障碍《さまたげ》を、もどかしとてや、力足《ちからあし》、
蹈鞴《たたら》しこふむ勢《いきほひ》に、遠《をち》の砂山崩れたり。

導《しるべ》にたてる年嵩《としかさ》のてだれの象の全身は
「時」が嚙みてし、刻みてし老樹の幹のごと、ひわれ
巨巌の如き大頭《おほがしら》、脊《せ》骨《ぼね》の弓の太しきも、

何の苦も無く自《おの》づから、滑《なめ》らかにこそ動くなれ。
歩遅《あゆみおそ》むることもなく、急ぎもせずに、悠然と、
塵にまみれし群象をめあての国に導けば、
沙《すな》の畦《あぜ》くろ、穴に穿《うが》ち、続いて歩むともがらは、
雲突く修験山伏《すげんやまぶし》か、先達《せんだつ》の蹤蹈《あとふん》でゆく。

耳は扇とかざしたり、鼻は象牙《ざうげ》に介《はさ》みたり、
半眼《はんがん》にして辿《たど》りゆくその胴腹《どうばら》の波だちに、
息のほてりや、汗のほけ、烟《けむり》となつて散乱し、
幾千万の昆虫が、うなりて集《つど》ふ餌食《ゑじき》かな。

饑渇《きかつ》の攻《せめ》や、貪婪《たんらん》の羽虫《はむし》の群《むれ》もなにかあらむ、
黒皺皮《くろじわがは》の満身の膚《はだへ》をこがす炎暑をや。
かの故里《ふるさと》をかしまだち、ひとへに夢む、道遠き
眼路《めぢ》のあなたに生ひ茂げる無花果《いちじゆく》の森、象《きさ》の邦《くに》。

また忍ぶかな、高山《たかやま》の奥より落つる長水《ちやうすい》に
巨大の河馬《かば》の嘯《うそぶ》きて、波濤たぎつる河の瀬を、
あるは月夜《げつや》の清光に白《しろ》みしからだ、うちのばし、
水かふ岸の葦蘆《よしあし》を蹈《ふ》み砕きてや、降《お》りたつを。

か丶る勇猛沈勇の心をきめて、さすかたや、
涯《きはみ》も知らぬ遠《をち》のすゑ、黒線《くろすぢ》とほくかすれゆけば、
大沙原《おほすなはら》は今さらに不動のけはひ、神寂《かみさ》びぬ。
身動迂き《みじろきうと》旅人《たびうど》の雲のはたてに消ゆる時。

ルコント・ドゥ・リイルの出づるや、哲学に基《もとづ》ける厭世《えんせい》観は仏蘭西《フランス》の詩文に致死の棺衣《たれぎぬ》を投げたり。前人の詩、多くは一時の感慨を洩《もら》し、単純なる悲哀の想を鼓吹するに止《とゞま》りしかど、この詩人に至り、始めて、悲哀は一種の系統を樹《た》て、芸術の荘厳を帯ぶ。評家久しく彼を目するに高踏派の盟主を以てす。即《すなは》ち格調定かならぬドゥ・ミュッセエ、ラ

マルティイヌの後に出《い》で、始て詩神の雲髪を捉《つか》みて、これに峻厳《しゅんげん》なる詩法の金櫛《きんしつ》を加へたるが故也。彼常に「不感無覚」を以て称せらる。世人輙《やや》もすれば、この語を誤解して曰《いは》く、高踏一派の徒、甘《あまん》じて感情を犠牲とす。これ既に芸術の第一義を没却したるものなり。或は恐る、終《つひ》に述作無きに至らむをと。あらず、あらず、この暫々《しばしば》濫用せらるる「不感無覚」の語義を芸文の上より解する時は、単に近世派の態度を示したるに過ぎざるなり。常に宇宙の深遠なる悲愁、神秘なる歓楽を覚ゆるものから、当代の愚かしき歌物語が、野卑《やひ》陳套《ちんたう》の曲を反復して、譬《たと》へば情痴の涙に重き百葉の軽舟、今、芸苑の河流を閉塞《へいそく》するを敬せざるのみ。尋常世態の瑣事《さじ》、奚《いづくん》ぞよく高踏派の詩人を動さむ。されどこれを倫理の方面より観むか、人生に対するこの派の態度、これより学ばむとする教訓はこの一言に現はる。曰く哀楽は感ず可く、歌ふ可し、然も人は斯多阿《ストア》学徒の心を以て忍ばざる可からずと。かの額付《ひたひつき》、物思はしげに、長髪わざとらしき詩人等もこの語には辟易《へきえき》せしも多かり。さればこの人は芸文に劃然《くわくぜん》たる一新機軸を出しし者にして同代の何人よりも、その詩、哲理に富み、譬喩《ひゆ》の趣を加ふ。「カイン」「サタン」の詩二つながら人界の災殃《さいあう》を賦《ふ》し、「イパティイ」は古代衰亡の頽唐美《たいたうび》、「シリル」は新しき信仰を歌へり。ユウゴオが壮大なる史景を咏《えい》じて、台閣の風ある雄健の筆を振ひ、史乗逸話の上に叙情詩めいたる豊麗を与へたると並びて、ルコント・ドゥ・リイルは、伝説に、史蹟に、内部の精神を求めぬ。かの伝奇の老大家は歴史の上に燦爛《さんらん》たる紫雲を曳《ひ》き、この憂愁の達人はその実体を闡明《せんめい》す。

＊

読者の眼頭に彷彿《はうふつ》として展開するものは、豪壮悲惨なる北欧思想、明暢《めいちやう》清朗なる希臘《ギリシヤ》田野の夢、または銀光の朧々《ろうろう》たること、その聖十字架を思はしむる基督《キリスト》教法の冥想、特に印度《インド》大幻夢涅槃《ねはん》の妙説なりけり。

＊

黒檀《こくたん》の森茂げきこの世の涯《はて》の老国より来て、彼は長久の座を吾等の傍《かたはら》に占めつ、教へて曰く『寂滅為楽《じやくめつゐらく》』。

＊

幾度と無く繰返したる大智識の教話によりて、悲哀は分類結晶して、頗《すこぶ》る静寧の姿を得たるも、なほ、をりふしは憤怒の激発に迅雷の轟然《がうぜん》たるを聞く。ここに於てか電火ひらめき、万雷はためき、人類に対する痛罵《つうば》、宛《あたか》も薬綫《やくせん》の爆発する如く、所謂《いはゆる》「不感無覚」の墻壁《しやうへき》を破り了《をはん》ぬ。

＊

自家の理論を詩文に発表して、シォペンハウエルの弁証したる仏法の教理を開陳したるは、この詩人の特色ならむ。儕輩《さいはい》の詩人皆多少憂愁の思想を具《そな》へたれど、厭世観の理義彼に於ける如く整然たるは罕《まれ》なり。衆人徒《いたづ》らに虚無を讃す。彼は明かにその事実なるを示せり。その詩は智の詩なり。然も詩趣饒《ゆた》かにして、坐《そぞ》ろにペラスゴイ、キュクロプスの城址《じやうし》を忍ばしむる堅牢《けんらう》の石壁は、かの繊弱の律に歌はれ、往々俗謡に傾ける当代伝奇の宮殿を摧《くだ》かむとすなり。

エミイル・ヴェルハアレン

珊瑚礁《さんごせう》

ホセ・マリヤ・デ・エレディヤ

波の底にも照る日影、神寂《かみさ》びにたる曙《あけぼの》の
照しの光、亜比西尼亜《アビシニア》、珊瑚の森にほの紅く、
ぬれにぞぬれし深海《ふかうみ》の谷隈《たにくま》の奥に透入《すきい》れば、
輝きにほふ虫のから、命にみつる珠《たま》の華。

沃度《ヨウド》に、塩にさ丹《に》づらふ海の宝のもろもろは
濡髪《ぬれがみ》長き海藻《かいさう》や、珊瑚、海胆《うに》、苔《こけ》までも、
臙脂《えんじ》紫《むらさき》あかあかと、華奢《くわしや》のきはみの絵模様に、
薄色ねびしみどり石、蝕《むしば》む底ぞ被《おほ》ひたる。

鱗《こけ》の光のきらめきに白琺瑯《はくはふらう》を曇らせて、
枝より枝を横ざまに、何を尋《たづ》ぬる一大魚《いちだいぎよ》、

光透入《すきい》る水かげに慵《もの》うげなりや、もとほりぬ。
忽ち紅火飄《こうくわひるが》へる思の色の鰭《ひれ》ふるひ、
藍《あゐ》を湛《たた》へし静寂のかげ、ほのぐらき清海波《せいがいは》、
水揺《みづゆ》りうごく揺曳《えうえい》は黄金《わうごん》、真珠、青玉《せいぎよく》の色。

床

ホセ・マリヤ・デ・エレディヤ

さゝらがた錦を張るも、荒妙《あらたへ》の白布《しらぬの》敷くも、
悲しさは墳塋《おくつき》のごと、楽しさは巣の如しとも、
人生れ、人いの眠り、つま恋ふる凡《す》べてこゝなり、
をさな児《ご》も、老《おい》も若《わかき》も、さをとめも、妻も、夫も。

葬事《はふりごと》、まぐはひほがひ、烏羽玉《うばたま》の黒十字架《くろじふじか》に
浄《きよ》き水はふり散らすも、祝福の枝をかざすも、
皆こゝに物は始まり、皆こゝに事は終らむ、
産屋《うぶや》洩る初日影より、臨終の燭《そく》の火までも、
天離《あまさか》る鄙《ひな》の伏屋《ふせや》も、百敷《ももしき》の大宮内《おほみやうち》も、
紫磨金《しまごん》の栄《はえ》を尽して、紅《あけ》に朱《しゅ》に矜《ほこ》り飾るも、

鈍色《にびいろ》の樫《かし》のつくりや、楓《かへで》の木、杉の床にも。
独《ひと》り、かの畏《おそれ》も悔も無く眠る人こそ善けれ、
みおやらの生れし床に、みおやらの失《うせ》にし床に、
物古りし親のゆづりの大床《おほどこ》に足を延ばして。

出征

ホセ・マリヤ・デ・エレディヤ

高山《たかやま》の鳥栖巣《とぐらす》だちし兄鷹《せう》のごと、
身こそたゆまね、憂愁に思は倦《うん》じ、
モゲルがた、パロスの港、船出して、
雄誥《をたけ》ぶ夢ぞ逞《たく》ましき、あはれ、丈夫《ますらを》。

チパンゴに在りと伝ふる鉱山《かなやま》の
紫磨黄金《しまわうごん》やわが物と遠く、求むる
船の帆も撓《し》わりにけりな、時津風《ときつかぜ》、
西の世界の不思議なる遠荒磯《とほつありそ》に。

ゆふべゆふべは壮大の旦《あした》を夢み、
しらぬ火や、熱帯海《ねつたいかい》のかぢまくら、

こがね幻《まぼろし》通ふらむ。またある時は
白妙の帆船の舳《へ》さき、たゝずみて、
振放《ふりさけ》みれば、雲の果、見知らぬ空や、
蒼海《わだつみ》の底よりのぼる、けふも新星《にひぼし》。

夢

シュリ・プリュドン

夢のうちに、農人曰《のうにんいは》く、なが糧《かて》をみづから作れ、
けふよりは、なを養はじ、土を墾《ほ》り種を蒔《ま》けよと。
機織《はたおり》はわれに語りぬ、なが衣《きぬ》をみづから織れと。
石造《いしつくり》われに語りぬ、いざ鏝《こて》をみづから執《と》れと。

かくて孤《ひと》り人間の群やらはれて解くに由なき
この咒詛《のろひ》、身にひき纏《まと》ふ苦しさに、みそら仰ぎて、
いと深き憐愍《あはれみ》垂れさせ給へよと、禱《いの》りをろがむ
眼前《まのあたり》、ゆくての途のたゞなかを獅子はふたぎぬ。

ほのぼのとあけゆく光、疑ひて眼《まなこ》ひらけば、
雄々しかる田つくり男、梯立《はしだて》に口笛鳴らし、

繒具《はたもの》の蹋木《ふみき》もとゞろ、小山田に種《たね》ぞ蒔きたる。
世の幸《さち》を今はた識《し》りぬ、人の住むこの現世《うつしよ》に、
誰かまた思ひあがりて、同胞《はらから》を凌《しの》ぎえせむや。
其日より吾はなべての世の人を愛しそめけり。

信天翁《おきのたいふ》

シャルル・ボドレエル

波路遥けき徒然《つれづれ》の慰草《なぐさめぐさ》と船人《ふなびと》は、
八重の潮路の海鳥《うみどり》の沖の太夫《たいふ》を生擒《いけど》りぬ、
楫《かぢ》の枕のよき友よ心閑《のど》けき飛鳥《ひてう》かな、
奥津潮騒《おきつしほざゐ》すべりゆく舷《ふなばた》近くむれ集《つど》ふ。

たゞ甲板《かふはん》に据ゑぬればげにや笑止《せうし》の極《きはみ》なる。
この青雲の帝王も、足どりふらゝ、拙《つたな》くも、
あはれ、真白き双翼《さうよく》は、たゞ徒《いたづ》らに広ごりて、
今は身の仇《あだ》、益《やう》も無き二つの櫂《かい》と曳きぬらむ。

天《あま》飛ぶ鳥も、降《くだ》りては、やつれ醜き瘠姿《やせすがた》、
昨日《きのふ》の羽根のたかぶりも、今はた鈍《おぞ》に痛はしく、

煙管《きせる》に嘴《はし》をつゝかれて、心無《こころなし》には嘲けられ、
しどろの足を摸《ま》ねされて、飛行《ひぎやう》の空に憧《あこ》がるゝ。

雲居の君のこのさまよ、世の歌人《うたびと》に似たらずや、
暴風雨《あらし》を笑ひ、風凌《しの》ぎ猟男《さつを》の弓をあざみしも、
地《つち》の下界《げかい》にやらはれて、勢子《せこ》の叫に煩《わづら》へば、
太しき双《さう》の羽根さへも起居《たちゐ》妨《さまた》ぐ足まとひ。

薄暮《くれがた》の曲《きょく》

シャルル・ボドレエル

時こそ今は水枝《みづえ》さす、こぬれに花の顫《ふる》ふころ。
花は薫じて追風に、不断の香の炉に似たり。
匂も音も夕空に、とうとうたらり、とうたらり、
ワルツの舞の哀れさよ、疲れ倦《う》みたる眩暈《くるめき》よ。

花は薫じて追風に、不断の香の炉に似たり。
痍《きず》に悩める胸もどき、ヴィオロン楽《がく》の清掻《すががき》や、
ワルツの舞の哀れさよ、疲れ倦みたる眩暈《くるめき》よ、
神輿《みこし》の台をさながらの雲悲みて艶《えん》だちぬ。

痍《きず》に悩める胸もどき、ヴィオロン楽《がく》の清掻《すががき》や、
闇の涅槃《ねはん》に、痛ましく悩まされたる優心《やさごころ》。

神輿《みこし》の台をさながらの雲悲みて艶《えん》だちぬ、
日や落入りて溺《おぼ》るゝは、凝《こご》るゆふべの血《ち》潮雲《しほぐも》。

闇の涅槃に、痛ましく悩まされたる優心《やさごころ》、
光の過去のあとかたを尋《と》めて集むる憐れさよ。
日や落入りて溺るゝは、凝《こご》るゆふべの血潮雲、
君が名残《なごり》のたゞ在るは、ひかり輝く聖体盒《せいたいがふ》。

破《やれ》　鐘《がね》

シャルル・ボドレエル

悲しくもまたあはれなり、冬の夜の地炉《ゐろり》の下《もと》に、
燃えあがり、燃え尽きにたる柴の火に耳傾けて、
夜霧だつ闇夜の空の寺の鐘、きゝつゝあれば、
過ぎし日のそこはかとなき物思ひやをら浮びぬ。

喉太《のどぶと》の古鐘《ふるがね》きけば、その身こそうらやましけれ。
老《お》いらくの齢《とし》にもめげず、健《すこ》やかに、忠《まめ》なる声の、
何時《いつ》もいつも、梵音妙《ぼんのんたへ》に深くして、穏《おほ》どかなるは、
陣営の歩哨《ほせう》にたてる老兵の姿に似たり。

そも、われは心破れぬ。鬱憂のすさびごこちに、
寒空《さむぞら》の夜《よる》に響けと、いとせめて、鳴りよそふとも、

覚束《おぼつか》な、音《ね》にこそたてれ、弱声《よわごゑ》の細音《ほそね》も哀れ、
哀れなる臨終《いまは》の声《こゑ》は、血の波の湖《みづうみ》の岸、
小山なす屍《かばね》の下《もと》に、身動《みじろぎ》もえならで死《う》する、
棄てられし負傷《ておひ》の兵の息絶ゆる終《つひ》の呻吟《うめき》か。

人と海

シャルル・ボドレエル

こゝろ自由《まま》なる人間は、とはに賞《め》づらむ大海を。
海こそ人の鏡なれ。灘《なだ》の大波《おほなみ》はてしなく、
水や天《そら》なるゆらゆらは、うつし心の姿にて、
底ひも知らぬ深海《ふかうみ》の潮の苦味《にがみ》も世といづれ。

されぱぞ人は身を映《うつ》す鏡の胸に飛び入《い》りて、
眼《まなこ》に抱き腕にいだき、またある時は村肝《むらぎも》の
心もともに、はためきて、潮騒《しほざゐ》高く湧くならむ、
寄せてはかへす波の音《おと》の、物狂ほしき歎息《なげかひ》に。

海も爾《いまし》もひとしなみ、不思議をつゝむ陰なりや。
人よ、爾《いまし》が心中《しんちう》の深淵探《さぐ》りしものやある。

海よ、爾《いまし》が水底《みなぞこ》の富を数へしものやある。
かくも妬《ねた》げに秘事《ひめごと》のさはにもあるか、海と人。

かくて劫初《ごふしよ》の昔より、かくて無数の歳月を、
慈悲悔恨の弛《ゆるみ》無く、修羅《しゆら》の戦《たたかひ》酣《たけなは》に、
げにも非命と殺戮《さつりく》と、なじかは、さまで好《この》もしき、
噫《ああ》、永遠のすまうどよ、噫、怨念《をんねん》のはらからよ。

梟《ふくろふ》

シャルル・ボドレエル

黒葉《くろば》水松《いちゐ》の木下闇《このしたやみ》に
並んでとまる梟は
昔の神をいきうつし、
赤眼《あかめ》むきだし思案顔。

体《たい》も崩さず、ぢつとして、
なにを思ひに暮がたの
傾く日脚《ひあし》推しこかす
大凶時《おほまがとき》となりにけり。

鳥のふりみて達人は
道の悟《さとり》や開くらむ、

世に忌々《ゆゆ》しきは煩悩《ぼんなう》と。
色相界《しきさうかい》の妄執《まうしふ》に
諸人《しよにん》のつねのくるしみは
居《きよ》に安《やすん》ぜぬあだ心。

現代の悲哀はボドレエルの詩に異常の発展を遂げたり。人或は一見して云はむ、これ僅《わづか》に悲哀の名を変じて鬱悶《うつもん》と改めしのみと、しかも再考して終《つひ》にその全く変質したるを暁《さと》らむ。ボドレエルは悲哀に誇れり。即ちこれを詩章の竜蓋帳《りようがいちやう》中に据ゑて、黒衣聖母の観あらしめ、絢爛《けんらん》なること絵画の如《ごと》き幻想と、整美なること彫塑《てうそ》に似たる夢思とを恣《ほしいまま》にしてこれに生動の気を与ふ。ここに於てか、宛《あたか》もこれ絶美なる獅身女頭獣なり。悲哀を愛するの甚《はなはだ》しきは、いづれの先人をも凌《しの》ぎ、常に悲哀の詩趣を讃して、彼は自ら「悲哀の煉金道士」と号せり。

*

先人の多くは、悩心地定かならぬままに、自然に対する心中の愁訴を、自然その物に捧《ささ》げて、尋常の失意に泣けども、ボドレエルは然らず。彼は都府《とふ》の子なり。乃《すなは》ち巴里《パリ》叫喊《けうかん》地獄の詩人として胸奥《きようあう》の悲を述べ、人に叛《そむ》き世に抗する数奇の放浪児が為に、大声を仮したり。その心、夜に似て暗憺《あんたん》、いひしらず汚れにたれど、また一種の美、たとへば、濁江の底なる眼、哀憐《あいりん》悔恨の凄光《せいくわう》を放つが如きもの無きにしもあらず。

エミイル・ヴェルハアレン

ボドレエル氏よ、君は芸術の天にたぐひなき凄惨の光を与へぬ。即ち未だ曾《かつ》てなき一の戦慄《せんりつ》を創成したり。

ヴィクトル・ユウゴオ

譬《ひ》喩《ゆ》

ポオル・ヴェルレエヌ

主は讃《ほ》むべき哉《かな》、無明《むみやう》の闇や、憎《にくみ》多き
今の世にありて、われを信徒となし給ひぬ。
願はくは吾に与へよ、力と沈勇とを。
いつまでも永く狗子《いぬ》のやうに従ひてむ。

生贄《いけにへ》の羊、その母のあと、従ひつつ、
何の苦もなくて、牧草を食《は》み、身に生《お》ひたる
羊毛のほかに、その刻《とき》来ぬれば、命をだに
惜まずして、主に奉る如くわれもなさむ。

また魚とならば、御子《みこ》の頭字象《かしらじかたど》りもし、
驢馬《ろば》ともなりては、主を乗せまつりし昔思ひ、

はた、わが肉より禳《はら》ひ給ひし豕《ゐのこ》を見いづ。
げに末《すゑ》つ世の反抗表裏の日にありては
人間よりも、畜生の身ぞ信深くて
心素直《すなほ》にも忍辱《にんにく》の道守るならむ。

よくみるゆめ

ポオル・ヴェルレエヌ

常によく見る夢ながら、奇《あ》やし、懐《なつ》かし、身にぞ染む。
曾《かつ》ても知らぬ女《ひと》なれど、思はれ、思ふかの女《ひと》よ。
夢見る度のいつもいつも、同じと見れば、異《ことな》りて、
また異らぬおもひびと、わが心根《こころね》や悟りてし。

わが心根を悟りてしかの女《ひと》の眼に胸のうち、
噫《ああ》、彼女《かのひと》にのみ内証《ないしよう》の秘めたる事ぞなかりける。
蒼ざめ顔のわが額《ひたひ》、しとゞの汗を拭ひ去り、
涼しくなさむ術《すべ》あるは、玉の涙のかのひとよ。

栗色髪のひとなるか、赤髪《あかげ》のひとか、金髪か、
名をだに知らね、唯思ふ朗ら細音《ほそね》のうまし名は、

うつせみの世を疾《と》く去りし昔の人の呼名《よびな》かと。

つくづく見入る眼差《まなざし》は、匠《たくみ》が彫《ゑ》りし像の眼か、
澄みて、離れて、落居《おちゐ》たる其音声《おんじやう》の清《すず》しさに、
無言《むごん》の声の懐かしき恋しき節の鳴り響く。

落　葉

ポオル・ヴェルレエヌ

秋の日の
ヴィオロンの
ためいきの
身にしみて
ひたぶるに
うら悲し。

鐘のおとに
胸ふたぎ
色かへて
涙ぐむ
過ぎし日の

おもひでや。
げにわれは
うらぶれて
こゝかしこ
さだめなく
とび散らふ
落葉かな。

仏蘭西《フランス》の詩はユウゴオに絵画の色を帯び、ルコント・ドゥ・リイルに彫塑《てうそ》の形を具《そな》へ、ヴェルレエヌに至りて音楽の声を伝へ、而して又更に陰影の匂なつかしきを捉《とら》へむとす。

訳　者

良心

ヴィクトル・ユウゴオ

革衣纏《かはごろもまと》へる児等《こら》を引具《ひきぐ》して
髪おどろ色蒼ざめて、降る雨を、
エホバよりカインは離《さか》り迷ひいで、
夕闇の落つるがまゝに愁然《しうねん》と、
大原《おほはら》の山の麓《ふもと》にたどりつきぬ。
妻は倦《う》み児等も疲れて諸声《もろごゑ》に、
「地《つち》に伏していざ、いのねむ」と語りけり。
山陰《やまかげ》にカインはいねず、夢おぼろ、
烏羽玉《うばたま》の暗夜《やみよ》の空を仰ぎみれば、
広大の天眼《てんがん》くわつと、かしこくも、
物陰の奥より、ひしと、みいりたるに、
わなゝきて「未だ近し」と叫びつつ、

倦《う》みし妻、眠れる児等を促して、
もくねんと、ゆくへも知らに逃《のが》れゆく。
か、なべて、日には三十日《みそか》、夜《よ》は、三十夜《みそよ》、
色変へて、風の音《おと》にもをのゝきぬ。
やらはれの、伏眠《ふしめ》の旅は果もなし、
眠なく休《いこ》ひもえせで、はろばろと、
後の世のアシュルの国、海のほとり、
荒磯《ありそ》にこそはつきにけれ。「いざ、こゝに
とゞまらむ。この世のはてに今ぞ来し、
いざ」と、いへば、陰雲暗きめぢのあなた、
いつも、いつも、天眼《てんがん》ひしと睨《にら》みたり。
おそれみに身も世もあらず、戦《をのの》きて、
「隠せよ」と叫ぶ一声《いつせい》。児等はたゞ、
猛《たけ》き親を口に指あて眺めたり。
沙漠の地、毛織の幕に住居する
後の世のうからのみおやヤバルにぞ

「このむたに幕ひろげよ」と命ずれば、
ひるがへる布の高壁めぐらして
鉛もて地に固むるに、金髪の
孫むすめ曙のチラは語りぬ。
「かくすれば、はや何も見給ふまじ」と。
「否なほも眼睨《まなこにら》む」とカインいふ。
角《かく》を吹き鼓《つづみ》をうちて、城《き》のうちを
ゆきめぐる民草《たみぐさ》のおやユバルいふ、
「おのれ今固き守や設けむ」と。
銅《あかがね》の壁築《つ》き上げて父の身を、
そがなかに隠しぬれども、如何《いかに》せむ、
「いつも、いつも眼睨《まなこにら》む」といらへあり。
「恐しき塔をめぐらし、近よりの
難きやうにすべし。砦《とりでも》守る城築《しろつき》あげて、
その邑《まち》を固くもらむ」と、エノクいふ。
鍛冶《かぢ》の祖《おや》トバルカインは、いそしみて、

宏大の無《む》辺都城《へんとじやう》を営むに、
同胞《はらから》は、セツの児等《こら》、エノスの児等を、
野辺かけて狩暮《かりくら》しつゝ、ある時は
旅人《たびびと》の眼《まなこ》をくりて、夕されば
星天《せいてん》に征矢《そや》を放ちぬ。これよりぞ、
花崗石《みかげいし》、帳《とばり》に代り、くろがねを
石にくみ、城《き》の形、冥府《みやうふ》に似たる
塔影は野を暗うして、その壁ぞ
山のごと厚くなりける。工成りて
戸を固め、壁建《かべたて》終り、大城戸《おほきど》に
刻める文字を眺むれば「このうちに
神はゆめ入る可からず」と、ゑりにたり。
さて親は石殿《せきでん》に住はせたれど、
憂愁のやつれ姿ぞいぢらしき。
「おほぢ君、眼は消えしや」と、チラの問へば、
「否、そこに今もなほ在り」と、カインいふ。

「墳塋《おくつき》に寂しく眠る人のごと、
地の下にわれは住《すま》はむ。何物も
われを見じ、吾《われ》も亦《また》何をも見じ」と。
さてこゝに坑《あな》を穿《うが》てば「よし」といひて、
たゞひとり闇穴道《あんけつだう》におりたちて、
物陰の座にうちかくる、ひたおもて、
地下《ちげ》の戸を、はたと閉づれば、こはいかに、
天眼《てんがん》なほも奥津城《おくつき》にカインを睨む。

ユウゴオの趣味は典雅ならず、性情奔放にして狂飈《きやうへう》激浪の如くなれど、温藉静冽《をんしやせいれつ》の気自《おのづ》からその詩を貫きたり。対聯《たいれん》比照に富み、光彩陸離《くわうさいりくり》たる形容の文辞を畳用《でふよう》して、燦爛《さんらん》たる一家の詩風を作りぬ。

訳　者

礼　拝

フランソア・コペエ

さても千八百九年、サラゴサの戦、
われ時に軍曹なりき。此日慘憺《さんたん》を極む。
街既に落ちて、家を囲むに、
閉ぢたる戸毎に不順の色見え、
鉄火、窓より降りしきれば、
「憎《に》つくき僧徒の振舞」と
かたみに低く罵《ののし》りつ。
明方《あけがた》よりの合戦に
眼は硝煙に血走りて、
舌には苦《に》がき紙筒《はやごう》を
嚙み切る口の黒くとも、
奮闘の気はいや益《ま》しに、

勢猛《いきほひまう》に追ひ迫り、
黒衣《こくい》長袍《ちやうはう》ふち広き帽を狙撃《そげき》す。
狭き小路《こうぢ》の行進に
とざま、かうざま顧みがち、
われ軍曹の任《にん》にしあれば、
精兵従へ推しゆく折りしも、
忽然《こつねん》として中天《なかぞら》赤く、
鉱炉《くわうろ》の紅舌《こうぜつ》さながらに、
虐殺せらるゝ婦女の声、
遥かには轟々《がうがう》の音《おと》とよもして、
歩毎に伏屍《ふくし》累々《るいるい》たり。
屈《こごん》でくゞる軒下を
出でくる時は銃剣の
鮮血淋漓《りんり》たる兵が、
血紅《ちべに》に染みし指をもて、
壁に十字を書置くは、

敵潜《ひそ》めるを示すなり。
鼓うたせず、足重く、
将校たちは色曇り、
さすが、手練《てだれ》の旧兵《ふるつはもの》も、
落居ぬけはひに、寄添ひて、
新兵もどきの胸さわぎ。

忽ち、とある曲角《きよくかく》に、
援兵と呼ぶ仏語の一声、
それ、戦友の危急ぞと、
駆けつけ見れば、きたなしや、
日常《ひごろ》は猛《た》けき勇士等も、
精舎《しやうじや》の段の前面に
たゞ僧兵の二十人、
円頂《ゑんちやう》の黒鬼《こくき》に、くひとめらる。
真白の十字胸につけ、

靴無き足の凜々《りり》しさよ、
血染の腕《かひな》巻きあげて、
大十字架にて、うちかゝる。
惨絶、壮絶。それと一斉射撃にて、
やがては掃蕩《さうたう》したりしが、
冷然として、残忍に、軍は倦《う》みたり。
皆心中に疾《やま》しくて、
とかくに殺戮《さつりく》したれども、
醜行已《すで》に為し了《を》はり、
密雲漸く散ずれば、
積みかさなれる屍《かばね》より
階《きざはし》かけて、紅《べに》流れ、
そのうしろ楼門聳《そび》ゆ、巍《ぎ》然《ぜん》として鬱たり。
燈明《とうみやう》くらがりに金色《こんじき》の星ときらめき、
香炉かぐはしく、静寂《せいじやく》の香《か》を放ちぬ。

殿上、奥深く、神壇に対《むか》ひ、
歌楼《かろう》のうち、やさけびの音《おと》しらぬ顔、
蕭《しめ》やかに勤行《ごんぎやう》営む白髪長身の僧。
噫《ああ》けふもなほ俤《おもかげ》にして浮びこそすれ。

モオル廻廊の古院、
黒衣僧兵のかばね、
天日、石だたみを照らして、
紅流に烟《けぶり》たち、
朧々《ろうろう》たる低き戸の框《かまち》に、
立つや老僧。
神壇龕《づし》のやうに輝き、
唖然《あぜん》としてすくみしわれらのうつけ姿。

げにや当年の己は
空恐ろしくも信心無く、
或日精舎《しやうじや》の奪掠《だつりやく》に
負けじ心の意気張づよく

神壇近き御燈《みあかし》に
煙草つけたる乱行者《らんぎやうもの》、
上反鬚《うはぞりひげ》に気負《きおひ》みせ、
一歩も譲らぬ気象のわれも、
たゞ此僧の髪白く白く
神寂《かみさ》びたるに畏《かしこ》みぬ。

「打て」と士官は号令す。
誰有《あつ》て動く者無し。
僧は確に聞きたらむも、
さあらぬ素振神々《そぶりかうがう》しく、
聖水大盤《たいばん》を捧げてふりむく。
ミサ礼拝半《らいはいなかば》に達し、
司僧《しそう》むき直る祝福の時、
腕《かひな》は伸べて鶴翼《かくよく》のやう、
衆皆《しゆうみな》一歩たじろきぬ。

僧はすこしもふるへずに
信徒の前に立てるやう、
妙音澱《よどみ》なく、和讃《わさん》を咏じて、
「帰命頂礼《きみやうちやうらい》」の歌、常に異らず、
声もほがらに、　「全能の神、爾等《なんぢら》を憐み給ふ。」

またもや、一声あら、かに
「うて」と士官の号令に
進みいでたる一卒は
隊中有名の卑怯者《なうて》、
銃《じゆうと》執りなほして発砲す。
老僧、色は蒼《あを》みしが、
沈勇の眼《まなこ》明らかに、
祈りつゞけぬ、「父と子と。」

続いて更に一発は、
狂気のさたか、血迷《ちまよひ》か、
とかくに業《ごふ》は了《をは》りたり。
僧は隻腕《かたうで》、壇にもたれ、
明《あ》いたる手にて祝福し、
黄金盤《わうごんばん》も重たげに、
虚空《こくう》に恩赦《おんしや》の印《しるし》を切りて、
音声《おんじやう》こそは微《かすか》なれ、
闃《げき》たる堂上とほりよく、
瞑目《めいもく》のうち述ぶるやう、
「聖霊と。」

かくて仆《たふ》れぬ、礼拝《らいはい》の事了りて。
盤《ばん》は三度び、床上《しやうじやう》に跳りぬ。

事に慣れたる老兵も、
胸に鬼胎《おそれ》をかき抱き
足に兵器を投げ棄てて
われとも知らず膝つきぬ、
醜行のまのあたり、
殉教僧のまのあたり。
聊爾《れうじ》なりや「アアメン」と
うしろに笑ふ、わが隊の鼓手。

わすれなぐさ

ウィルヘルム・アレント

ながれのきしのひともとは、
みそらのいろのみづあさぎ、
なみ、ことごとく、くちづけし
はた、ことごとく、わすれゆく。

山のあなた

カアル・ブッセ

山のあなたの空遠く
「幸《さいはひ》」住むと人のいふ。
噫《ああ》、われひと、尋《と》めゆきて、
涙さしぐみ、かへりきぬ。
山のあなたになほ遠く
「幸《さいはひ》」住むと人のいふ。

春

パウル・バルシュ

森は今、花さきみだれ
艶《えん》なりや、五月《さつき》たちける。
神よ、擁護《おうご》をたれたまへ、
あまりに幸《さち》のおほければ。

やがてぞ花は散りしぼみ、
艶《えん》なる時も過ぎにける。
神よ擁護《おうご》をたれたまへ、
あまりにつらき災《とが》な来《こ》そ。

秋

オイゲン・クロアサン

けふつくづくと眺むれば、
悲《かなしみ》の色口《いろくち》にあり。
たれもつらくはあたらぬを、
なぜに心の悲める。
秋風《あきかぜ》わたる青木立《あをこだち》
葉なみふるひて地にしきぬ。
きみが心のわかき夢
秋の葉となり落ちにけむ。

わかれ

ヘリベルタ・フォン・ポシンゲル

ふたりを「時」がさきしより、
昼は事なくうちすぎぬ。
よろこびもなく悲まず、
はたたれをかも怨むべき。

されど夕闇おちくれて、
星の光のみゆるとき、
病の床のちごのやう、
心かすかにうめきいづ。

水無月《みなづき》

テオドル・ストルム

子守歌風に浮びて、
暖かに日は照りわたり、
田の麦は足穂《たりほ》うなだれ、
茨《いばら》には紅き果《み》熟し、
野面《のもせ》には木の葉みちたり。
いかにおもふ、わかきをみなよ。

花のをとめ

ハインリッヒ・ハイネ

妙《たへ》に清らの、あゝ、わが児《こ》よ、
つくづくみれば、そゞろ、あはれ、
かしらや撫でゝ、花の身の
いつまでも、かくは清らなれと、
いつまでも、かくは妙《たへ》にあれと、
いのらまし、花のわがめぐしご。

ルビンスタインのめでたき楽譜に合せて、ハイネの名歌を訳したり。原の意を汲《く》みて余さじと、つとめ、はた又、句読停音すべて楽譜の示すところに従ひぬ。

訳　者

瞻《せん》望《ばう》

ロバアト・ブラウニング

怕《おそ》る、か死を。——喉塞《のどふた》ぎ、
　おもわに狭霧《さぎり》、
深雪《みゆき》降り、木枯荒れて、著《し》るくなりぬ、
　すゑの近さも。
夜《よる》の稜威暴風《みいづあらし》の襲来《おそひ》、恐ろしき
　敵の屯《たむろ》に、
現身《うつそみ》の「大畏怖《だいゐふ》」立てり。しかすがに
　猛《たけ》き人は行かざらめやも。
それ、旅は果て、峯は尽きて、
　障礙《しやうげ》は破《や》れぬ、
唯、すゑの誉《ほまれ》の酬《むくい》えむとせば、
　なほひと戦《いくさ》。

戦《たたかひ》は日ごろの好《このみ》、いざさらば、
　終《をはり》の晴《はれ》の勝負せむ。
なまじひに眼《まなこ》ふたぎて、赦《ゆ》るされて、
　這《は》ひ行くは憂《う》し、
否残《のこり》なく味《あぢは》ひて、かれも人なる
　いにしへの猛者《もさ》たちのやう、
矢表《やおもて》に立ち楽世《うましよ》の寒冷《さむさ》、苦痛《くるしみ》、暗黒《くらやみ》の
　貢《みつぎ》のあまり捧げてむ。
そも勇者には、忽然《こつねん》と禍福《わざはひふく》に転ずべく
　闇《やみ》は終らむ。
四大《しだい》のあらび、忌々《ゆゆ》しかる羅刹《らせつ》の怒号《どがう》、
　ほそりゆき、雑《まじ》りけち
変化《へんげ》して苦も楽《らく》とならむとやすらむ。
　そのとき光明《くわうみやう》、その時御胸《みむね》
あはれ、心の心とや、抱《いだ》きしめてむ。
　そのほかは神のまにまに。

出現

ロバアト・ブラウニング

苔《こけ》むしろ、飢ゑたる岸も
　春来れば、
つと走る光、そらいろ、
　菫《すみれ》咲く。

村雲のしがむみそらも、
　こゝかしこ、
やれやれて影はさやけし、
　ひとつ星。

うつし世の命を耻《はぢ》の
めぐらせど、

こぼれいづる神のゑまひか、
君がおも。

岩陰に

ロバアト・ブラウニング

一

嗚呼《ああ》、物古《ものふ》りし鳶色《とびいろ》の「地《ち》」の微笑《ほほゑみ》の大《おほ》きやかに、
親しくもあるか、今朝《けさ》の秋、偃曝《ひなたぼこり》に其骨《そのほね》を
延《のば》し横《よこた》へ、膝節《ひざぶし》も、足も、つきいでて、漣《さざなみ》の
悦《よろこ》び勇み、小躍《こをどり》に越ゆるがまゝに浸《ひ》たりつゝ、
さて欹《そばだ》つる耳もとの、さゞれの床《とこ》の海雲雀《うみひばり》、
和毛《にこげ》の胸の白妙《しろたへ》に囀《てん》ずる声のあはれなる。

二

この教こそ神《かん》ながら旧《ふ》るき真《まこと》の道と知れ。
翁《おきな》びし「地《ち》」の知りて笑《ゑ》む世の試《こころみ》ぞかやうなる。

愛を捧げて価値《ねうち》あるもの、みをこそ愛しなば、
愛は完《まつ》たき益にして、必らずや、身の利とならむ。
思《おもひ》の痛み、苦みに卑《いや》しきこゝろ清めたる
なれ自らを地に捧げ、酬《むくい》は高き天《そら》に求めよ。

春の朝

ロバアト・ブラウニング

時は春、
日は朝《あした》、
朝《あした》は七時、
片岡《かたをか》に露みちて、
揚雲雀《あげひばり》なのりいで、
蝸牛《かたつむり》枝《えだ》に這《は》ひ、
神、そらに知ろしめす。
すべて世は事も無し。

至上善

ロバアト・ブラウニング

蜜蜂の嚢《ふくろ》にみてる一歳《ひととせ》の香《にほひ》も、花も、
宝玉の底に光れる鉱山《かなやま》の富も、不思議も、
阿古屋貝《あこやがひ》映《うつ》し蔵《かく》せるわだつみの陰も、光も、
香《にほひ》、花、陰、光、富、不思議及ぶべしやは、
　玉《ぎよく》よりも輝く真《まこと》、
　珠《たま》よりも澄みたる信義、
天地《あめつち》にこよなき真《まこと》、澄みわたる一《いち》の信義は
　をとめごの清きくちづけ。

ブラウニングの楽天説は、既に二十歳の作「ポオリイン」に顕《あらは》れ、「ピパ」の歌、「神、そらにしろしめす、すべて世は事も無し」といふ句に綜合《そうがふ》せられたれど、一生の述作皆

人間終極の幸福を予言する点に於《おい》て一致し「アソランドオ」絶筆の結句に至るまで、彼は有神論、霊魂不滅説に信を失はざりき。この詩人の宗教は基督《キリスト》教を元としたる「愛」の信仰にして、尋常宗門の縄墨《じようぼく》を脱し、教外の諸法に対しては極めて宏量なる態度を持せり。神を信じ、その愛とその力とを信じ、これを信仰の基として、人間恩愛の神聖を認め、精進の理想を妄《まう》なりとせず、芸術科学の大法を疑はず、又人心に善悪の奮闘争鬩《さうげき》あるを、却《かへつ》て進歩の動機なりと思惟《しゐ》せり。而《しか》してあらゆる宗教の教義には重《おもき》を措《お》かず、ただ基督の出現を以て説明すべからざる一の神秘となせるのみ。曰《いは》く、宗教にして、若《も》し、万世不易《ふえき》の形を取り、万人の為め、予《あらかじ》め、劃然《くわくぜん》として具《そな》へられたらむには、精神界の進歩は直に止りて、厭《いと》ふべき凝滞はやがて来《きた》らむ。人間の信仰は定かならぬこそをかしけれ、教法に完了といふ義ある可《べ》からずと。されば信教の自由を説きて、寛容の精神を述べたるもの、「聖十字架祭」の如きあり。殊《こと》に晩年に莅《のぞ》みて、教法の形式、制限を脱却すること益《ますます》著るしく、全人類にわたれる博愛同情の精神愈《いよいよ》盛なりしかど、一生の確信は終始毫《がう》も渝《かは》ること無かりき。人心の憧《あこ》がれ向ふ高大の理想は神の愛なりといふ中心思想を基として、幾多の傑作あり。「クレオン」には、芸術美に倦《う》みたる希臘《ギリシヤ》詩人の永生に対する熱望の悲音を聞くべく、「ソオル」には事業の永続に不老不死の影ばかりなるを喜ぶ事のはかなき夢なるを説きて、更に個人の不滅を断言す。「亜剌比亜《アラビア》の医師カアシッシュの不思議なる医術上の経験」といふ尺牘体《せきとくたい》には、基督教の原始に遡《さかのぼ》りて、意外の側面に信仰の光明を窺《うかが》ひ、「砂漠の臨終」には神の権化を目撃せし聖約翰《ヨハネ》の遺言を耳にし得べし。然れどもこれ等の信仰は、盲目なる狂熱の独断にあらず、皆冷静の理路を辿《たど》り、若しくは、精練、微を穿《うが》てる懐疑の坩堝《るつぼ》を経たるものにして「監督ブルウグラムの護法論」「フェリシュタアの念想」等これを証す。これを綜《す》ぶるに、ブラウニングの信仰は、精神の難関を凌《しの》ぎ、疑惑を排除して、光明の世界に達したるものにして永年の大信は世を終るまで動かざりき。「ラ・セイジヤス」の秀什《しうじふ》、この想を述べて余あり、又、千八百六十四年の詩集に収めたる「瞻望《せんばう》」の歌と、千八百八十九年の詩集「アソランドオ」の絶筆とはこの詩人が宗教観の根本思想を包含す。

訳　者

花くらべ

ウィリアム・シェイクスピヤ

燕《つばめ》も来《こ》ぬに水仙花、
大寒《おほさむ》こさむ三月の
風にもめげぬ凜々《りり》しさよ。
またはジュノウのまぶたより、
ヴィイナス神《がみ》の息《いき》よりも
なほ臈《らふ》たくもありながら、
菫《すみれ》の色のおぼつかな。
照る日の神も仰ぎえで
嫁《とつ》ぎもせぬに散りはつる
色蒼《いろあを》ざめし桜草《さくらさう》、
これも少女《をとめ》の習《ならひ》かや。
それにひきかへ九輪草《くりんさう》、

編笠《あみがさ》早百合《ゆり》気がつよい。
百合もいろいろあるなかに、
鳶尾草《いちはつぐさ》のよけれども、
あ、今は無し、しよんがいな。

花の教

クリスティナ・ロセッティ

心をとめて窺《うかが》へば花　自《おのづか》ら教《をしへ》あり。
朝露の野薔薇《のばら》のいへる、
「艶《えん》なりや、われらの姿、
刺《とげ》に生《お》ふる色香《いろか》とも知れ。」
麦生《むぎふ》のひまに罌粟《けし》のいふ、
「せめては紅《あか》きはしも見よ、
そばめられたる身なれども、
験《げん》ある露の薬水を
盛《も》りさ、げたる盃《さかづき》ぞ。」
この時、百合は追風に、
「見よ、人、われは言葉なく
法を説くなり。」

みづからなせる葉陰より、
声もかすかに菫草《すみれぐさ》、
「人はあだなる香《か》をきけど、
われらの示す教暁《をしへさと》らじ。」

小曲

ダンテ・ゲブリエル・ロセッティ

小曲は刹那をとむる銘文《しるしぶみ》、また譬《たと》ふれば、
過ぎにしも過ぎせぬ過ぎしひと時に、劫《ごふ》の「心」の
捧《ささ》げたる願文《ぐわんもん》にこそ。光り匂ふ法《のり》の会《ゑ》のため、
祥《さが》もなき預言《かねごと》のため、折からのけぢめはあれど、
例《いつ》も例《いつ》も堰《せ》きあへぬ思《おもひ》豊かにて切《せち》にあらなむ。
「日《ひ》」の歌は象牙《ざうげ》にけづり、「夜《よる》」の歌は黒檀《こくたん》に彫《ゑ》り、
頭《かしら》なる華《はな》のかざしは輝きて、阿古屋《あこや》の珠《たま》と、
照りわたるきらびの栄《はえ》の臈《らふ》たさを「時《とき》」に示せよ。

小曲は古泉《こせん》の如く、そが表《おもて》、心あらはる、
うらがねをいづれの力しろすとも。あるは「命《いのち》」の
威力あるもとめの貢《みつぎ》、あるはまた貴《あて》に妙《たへ》なる

「恋」の供奉《ぐぶ》にかづけの纏頭《はな》と贈らむも、よし遮莫《さもあらばあれ》
三瀬《みつせ》川《がは》、船はて処《どころ》、陰《かげ》暗き伊《い》吹《ぶき》の風に、
「死」に払ふ渡《わたり》のしろと、船人《ふなびと》の掌《て》にとらさむも。

恋の玉座

ダンテ・ゲブリエル・ロセッティ

心のよしと定《さだ》めたる「力」かずかず、たぐへみれば、
「真《まこと》」の唇《くち》はかしこみて「望《のぞみ》」の眼《まなこ》、天仰《そらあふ》ぎ
「誉《ほまれ》」は翼《つばさ》、音高《おとだか》に埋火《うづみび》の「過去《くわこ》」煽《あふ》ぎぬれば
飛火《とぶひ》の焔《ほのほ》、紅々《あかあか》と炎上《えんじやう》のひかり忘却の
去《い》なむとするを驚《おどろか》し、飛《と》び翔《か》けるをぞ控へたる。
また後朝《きぬぎぬ》に巻きまきし玉の柔手《やはて》の名残よと、
黄金《こがね》くしげのひとすぢを肩に残し、「若き世」や
「死出《しで》」の挿頭《かざし》と、例《いつ》も例《いつ》もあえかの花を編む「命」。
「恋」の玉座《ぎよくざ》は、さはいへど、そこにしも在《あら》じ、空遠く、
逢瀬《あふせ》、別《わかれ》の辻風《つじかぜ》のたち迷ふあたり、離《さか》りたる
夢も通はぬ遠《とほ》つぐに、無言《しじま》の局奥深《つぼねおくふか》く、

設けられたり。たとへそれ、「真《まこと》」は「恋」の真心《まごころ》を
夙《つと》に知る可く、「望《のぞみ》」こそそを預言《かねごと》し、「誉《ほまれ》」こそ
そがためによく、「若き世」めぐし、「命」惜《を》しとも。

春の貢

ダンテ・ゲブリエル・ロセッティ

草うるはしき岸の上《うへ》に、いと美《うる》はしき君が面《おも》、
われは横《よこた》へ、その髪を二つにわけてひろぐれば、
うら若草のはつ花も、はな白《じろ》みてや、黄金《こがね》なす
みぐしの間《ひま》のこゝかしこ、面映《おもはゆ》げにも覗《のぞ》くらむ。
去年《こぞ》とやいはむ今年とや年の境《さかひ》もみえわかぬ
けふのこの日や「春」の足、半《なかば》たゆたひ、小李《こすもも》の
葉もなき花の白妙《しろたへ》は雪間がくれに迷《まど》はしく、
「春」住む庭の四阿屋《あづまや》に風の通路《かよひぢ》ひらけたり。

されど卯月《うづき》の日の光、けふぞ谷間に照りわたる。
仰ぎて眼《まなこ》閉ぢ給へ、いざくちづけむ君が面、
水枝《みづえ》小枝《こえだ》にみちわたる「春」をまなびて、わが恋よ、

温かき喉《のど》、熱き口、ふれさせたまへ、けふこそは、
契《ちぎり》もかたきみやづかへ、恋の日なれや。冷かに
つめたき人は永久《とこしへ》のやらはれ人と貶《おと》し憎まむ。

心も空に

ダンテ・アリギエリ

心も空に奪はれて物のあはれをしる人よ、
今わが述ぶる言の葉の君の傍《かたへ》に近づかば
心に思ひ給ふこと応《いら》へ給ひね、洩れなくと、
綾《あや》に畏《かし》こき大御《おほみ》神《かみ》「愛」の御名《みな》もて告げまつる。

さても星影きらゝかに、更《ふ》け行く夜《よる》も三つ一つ
ほとほと過ぎし折しもあれ、忽《たちま》ち四方《よも》は照渡り、
「愛」の御姿《みすがた》うつそ身に現はれいでし不思議さよ。
おしはかるだに、その性《さが》の恐しときく荒神《あらがみ》も

御気色《みけしき》いとゞ麗はしく在《いま》すが如くおもほえて、
御手《みて》にはわれが心の臓《しんざう》、御腕《おんかひな》には貴《あて》やかに

あえかの君の寝姿《ねすがた》を、衣《きぬ》うちかけて、かい抱《いだ》き、
やをら動かし、交睫《まどろみ》の醒《さ》めたるほどに心《しん》の臓《ざう》、
さゝげ進むれば、かの君も恐る恐るに聞《きこ》しけり。
「愛」は乃《すなは》ち馳《は》せ走《さ》りつ、馳せ走りながら打泣きぬ。

鷺《さぎ》の歌

エミイル・ヴェルハアレン

ほのぐらき黄金隠沼《こがねこもりぬ》、
骨蓬《かうほね》の白くさけるに、
静かなる鷺の羽風は
徐《おもむろ》に影を落しぬ。

水の面《おも》に影は漂《ただよ》ひ、
広ごりて、ころもに似たり。
天《あめ》なるや、鳥の通路《かよひぢ》、
羽ばたきの音もたえだえ。

漁子《すなどり》のいと賢《さか》しらに
清らなる網をうてども、

空翔《そらか》ける奇《く》しき翼の
おとなひをゆめだにしらず。

また知らず日に夜《よ》をつぎて
溝《みぞ》のうち泥土《どろつち》の底
鬱憂の網に待つもの
久方《ひさかた》の光に飛ぶを。

ボドレエルにほのめきヴェルレエヌに現はれたる詩風はここに至りて、終《つひ》に象徴詩の新体を成したり。この「鷺の歌」以下、「嗟嘆《さたん》」に至るまでの詩は多少皆象徴詩の風格を具《そな》ふ。

訳　者

法《のり》の夕《ゆふべ》

エミイル・ヴェルハアレン

夕日の国は野も山も、その「平安」や「寂寥《せきれう》」の
黝《ねずみ》の色の毛布《けぬの》もて掩《おほ》へる如く、物寂《さ》びぬ。
万物凡《なべ》て整《ととの》ふり、折りめ正しく、ぬめらかに、
物の象《かたち》も筋めよく、ビザンチン絵《ゑ》の式《かた》の如《ごと》。

時雨村雨《しぐれむらさめ》、中空《なかぞら》を雨の矢数《やかず》につんざきぬ。
見よ、一天は紺青《こんじやう》の伽藍《がらん》の廊《らう》の色にして、
今こそ時は西山《せいざん》に入日傾く夕まぐれ、
日の金色《こんじき》に烏羽玉《うばたま》の夜《よる》の白銀《しろがね》まじるらむ。

めぢの界《さかひ》に物も無し、唯遠長《とほなが》き並木路、
路に沿ひたる樫《かし》の樹《き》は、巨人の列《つら》の佇立《たたずまひ》、

疎《まば》らに生《お》ふる箒木《ははきぎ》や、新墾小田《にひばりをだ》の末かけて、
鋤《すき》休めたる野《の》らまでも領《りやう》ずる顔の姿かな。

木立《こだち》を見れば沙門等《しやもんら》が野辺《のべ》の送《おくり》の営《いとなみ》に、
夕暮がたの悲を心に痛み歩むごと、
また古《いにしへ》の六部等《ろくぶら》が後世《ごせ》安楽の願かけて、
霊場詣《りやうぢやうまうで》、杖重く、番《ばん》の御寺《みてら》を訪ひしごと。

赤々として暮れかゝる入日の影は牡丹花《ぼたんくわ》の
眠れる如くうつろひて、河添馬道《かはぞひめだう》開けたり。
噫《ああ》、冬枯や、法師めくかの行列を見てあれば、
たとしへもなく静かなる夕《ゆふべ》の空に二列《ふたならび》、

瑠璃《るり》の御空《みそら》の金砂子《きんすなご》、星輝ける神前に
進み近づく夕づとめ、ゆくてを照らす星辰《せいしん》は
壇に捧ぐる御明《みあかし》の大燭台《だいそくだい》の心《しん》にして、

火こそみえけれ、其棹《さを》の閻浮提金《えんぶだごん》ぞ隠れたる。

水かひば

エミイル・ヴェルハアレン

ほらあなめきし落窪《おちくぼ》の、
夢も曇るか、こもり沼《ぬ》は、
腹しめすまで浸りたる
まだら牡牛の水かひ場《ば》。

坂くだりゆく牧《まき》がむれ、
牛は練《ね》りあし、馬は跑《だく》、
時しもあれや、落日に
嘯《うそぶ》き吼《ほ》ゆる黄牛《あめうし》よ。

日のかぐろひの寂寞《じゃくまく》や、
色も、にほひも、日のかげも、

梢《こずゑ》のしづく、夕栄《ゆふばえ》も。
靄《もや》は苅穂《かりほ》のはふり衣《ぎぬ》、
夕闇とざす路《みち》遠み、
牛のうめきや、断末魔。

畏怖《おそれ》

エミイル・ヴェルハアレン

北に面《むか》へるわが畏怖《おそれ》の原の上に、
牧羊の翁《おきな》、神楽月《かぐらづき》、角《かく》を吹く。
物憂き羊小舎《ひつじごや》のかどに、すぐだちて、
災殃《まがつび》のごと、死の羊群を誘ふ。

きし方《かた》の悔《くい》をもて築きたる此小舎《こや》は
かぎりもなき、わが憂愁の邦《くに》に在りて、
ゆく水のながれ薄荷莢蒾《めぐさがまずみ》におほはれ、
いざよひの波も重きか、蜘手《くもで》に澱《よど》む。

肩に赤十字ある墨染《すみぞめ》の小羊よ、
色もの凄き羊群も長棹《ながさを》の鞭に

擣《うた》れて帰る、たづたづし、罪のねりあし。
疾風《はやて》に歌ふ牧羊の翁、神楽月よ、
今、わが頭掠《かしらかす》めし稲妻の光に
この夕《ゆふべ》おどろおどろしきわが命かな。

火《くわ》宅《たく》

エミイル・ヴェルハアレン

嗚呼《ああ》、爛壊《らんゑ》せる黄金《わうごん》の毒に中《あた》りし大都会、
石は叫び烟《けむり》舞ひのぼり、
驕慢《けうまん》の円葢《まるやね》よ、塔よ、直立《すぐだち》の石柱《せきちゆう》よ、
虚空は震ひ、労役のたぎち沸《わ》くを、
好むや、汝《なれ》、この大畏怖《だいゐふ》を、叫喚《けうくわん》を、
あはれ旅人《たびうど》、
悲みて夢うつら離《さか》りて行くか、濁世《だくせい》を、
つゝむ火焔の帯の停車場《ていしやば》。
中空《なかぞら》の山けたゝまし跳り過ぐる火輪《くわりん》の響。
ながが胸を焦す早鐘《はやがね》、陰々と、とよもす音《おと》も、

この夕《ゆふべ》、都会に打ちぬ。炎上の焔、赤々、
千万の火粉《ひのこ》の光、うちつけに面《おもて》を照らし、
声黒《こわぐろ》きわめき、さけびは、妄執《まうしふ》の心の矢声《やごゑ》。
満身すべて瀆聖《とくせい》の言葉に捩《ねぢ》れ、
意志あへなくも狂瀾《きやうらん》にのまれをはんぬ。
実《げ》に自らを矜《ほこ》りつゝ、将《はた》、咀《のろ》ひぬる、あはれ、人の世。

時《と》鐘《けい》

エミイル・ヴェルハアレン

館《やかた》の闇の静かなる夜《よる》にもなれば訝《いぶか》しや、
廊下のあなた、かたこと、と、杵杖《かせづゑ》のおと、杖の音《おと》、
「時」の階《はしご》のあがりおり、小股《こまた》に刻《きざ》む音《おと》なひは
　これや時鐘《とけい》の忍足《しのびあし》。

硝子《がらす》の蓋《ふた》の後《うしろ》には、白鑞《しろめ》の面《おもて》飾なく、
花形模様色褪《さ》めて、時の数字もさらぼひぬ。
人の気《け》絶《た》えし渡殿《わたどの》の影ほのぐらき朧月《ろうげつ》よ、
　これや時鐘《とけい》の眼の光。

うち沈みたるねび声に機《しかけ》のおもり、音《おと》ひねて、
槌《つち》に鑢《やすり》の音《ね》もかすれ、言葉悲しき木《き》の函《はこ》よ、

細身《ほそみ》の秒の指のおと、片言《かたこと》まじりおぼつかな、
　これや時鐘《とけい》の針の声。

角《かく》なる函《はこ》は樫《かし》づくり、焦茶《こげちゃ》の色の框《わく》はめて、
冷たき壁に封じたる棺《ひつぎ》のなかに隠れすむ
「時」の老骨《らうこつ》、きしきしと、数嚙《かずか》む音《おと》の歯《は》ぎしりや、
　これぞ時鐘《とけい》の恐ろしさ。

げに時鐘《とけい》こそ不思議なれ。
あるは、木履《きぐつ》を曳《ひ》き悩み、あるは徒跣《はだし》に音《ね》を窃《ぬす》み、
忠々《まめまめ》しくも、いそしみて、古く仕ふるはした女《め》か。
柱時鐘《はしらどけい》を見詰《みつ》むれば、針《はり》のコムパス、身《み》の搾木《しめぎ》。

黄《たそ》昏《がれ》

ジョルジュ・ロオデンバッハ

夕暮がたの薫《しめ》やかさ、燈火《あかり》無き室《ま》の薫《しめ》やかさ。
かはたれ刻《どき》は薫やかに、物静かなる死の如く、
朧々《おぼろおぼろ》の物影のやをら浸み入り広ごるに、
まづ天井の薄明《うすあかり》、光は消えて日も暮れぬ。

物静かなる死の如く、微笑《ほほゑみ》作るかはたれに、
曇れる鏡よく見れば、別《わかれ》の手振《てぶり》うれたくも
わが俤《おもかげ》は薫《しめ》やかに辷《すべ》り失《う》せなむ気色《けはひ》にて、
影薄れゆき、色蒼《いろあを》み、絶えなむとして消《け》つべきか。

壁に掲《か》けたる油画《あぶらゑ》に、あるは朧《おぼろ》に色褪《さ》めし、
框《わく》をはめたる追憶《おもひで》の、そこはかとなく留まれる

人の記憶の図《づ》の上に心の国の山水《さんすい》や、
筆にゑがける風景の黒き雪かと降り積る。

夕暮がたの薫《しめ》やかさ。あまりに物のねびたれば、
沈める音《おと》の絃《いと》の器《き》に、枷《かせ》をかけたる思にて、
無言《むごん》を辿《たど》る恋《こひ》なかの深き二人《ふたり》の眼差《まなざし》も、
花毛氈《もうせん》の唐草《からくさ》に絡《から》みて縒《よ》る、夢心地《ゆめごこち》。

いと徐《おもむ》ろに日の光隠《ひかりかぐ》ろひてゆく薫《しめ》やかさ。
文目《あやめ》もおぼろ、薫やかに、噫《ああ》、薫やかに、つくねんと、
沈黙《しじま》の郷《さと》の偶座《むかひゐ》は一つの香《かう》にふた色の
匂交《にほひまじ》れる思にて、心は一つ、えこそ語らね。

銘《しる》文《ぶみ》

アンリ・ドゥ・レニエ

夕まぐれ、森の小《こ》路《みち》の四辻《よつつじ》に
夕まぐれ、風のもなかの逍遥《せうえう》に、
竈《かまど》の灰や、歳月《さいげつ》に倦《う》み労《つか》れ来て、
定業《ぢやうごふ》のわが行末もしらま弓、
杖と佇《たたず》む。

路《みち》のゆくてに「日」は多し、
今更ながら、行きてむか。
ゆふべゆふべの旅枕、
水こえ、山こえ、夢こえて、
つひのやどりはいづかたぞ。
そは玄妙の、静寧《せいねい》の「死」の大神《おほかみ》が、

わがまなこ、閉ぢ給ふ国、
黄金《わうごん》の、浦安の妙《たへ》なる封《ふう》に。
高樫《たかがし》の寂寥《せきれう》の森の小路よ。
岩角に懈怠《けたい》よろぼひ、
きり石に足弱《あしよわ》悩み、
歩む毎《ごと》、
きしかたの血潮流れて、
木枯《こがらし》の颯々《さつさつ》たりや、高樫《たかがし》に。
噫《ああ》、われ倦《う》みぬ。
赤楊《はんのき》の落葉《らくえふ》の森の小路よ。
道行く人は木葉《このは》なす、
蒼ざめがほの耻《はぢ》のおも、
ぬかりみ迷ひ、群れゆけど、
かたみに避けて、よそみがち。

泥濘《ぬかりみ》の、したゝりの森の小路よ、
憂愁《いうしう》を風は葉並に囁《ささや》ぎぬ。
しろがねの、月代《つきしろ》の霜さゆる隠沼《こもりぬ》は
たそがれに、この道のはてに澱《よど》みて
げにこゝは「鬱憂」の
鬼が栖《す》む国。

秦皮《とねりこ》の、真砂《まさご》、いさごの、森の小路よ、
微風《そよかぜ》も足音たてず、
梢《こずゑ》より梢にわたり、
山蜜《やまみつ》の色よき花は
金色《こんじき》の砂子《すなご》の光、
おのづから曲れる路は
人さらになぞへを知らず、
このさきの都のまちは
まれびとを迎ふときゝぬ。

いざ足をそこに止めむか。
あなくやし、われはえゆかじ。
他の生《しやう》の途《みち》のかたはら、
「物影」の亡骸《なきがら》守る
わが「願《ぐわん》」の通夜《つや》を思へば。

高樫《たかがし》の路われはゆかじな、
秦皮《とねりこ》や、赤楊《はんのき》の路《みち》、
日のかたや、都のかたや、水のかた、
なべてゆかじな。

噫《ああ》、小路《こみち》、
血やにじむわが足のおと、
死したりと思ひしそれも、
あはれなり、もどり来たるか、
地響《ぢひびき》のわれにさきだつ。
噫、小路、

安逸の、醜辱《しうじよく》の、驕慢《けうまん》の森の小路よ、
あだなりしわが世の友か、吹風《ふくかぜ》は、
高樫《たかがし》の木下蔭《このしたかげ》に
声はさやさや、
涙《なみだ》さめざめ。

あな、あはれ、きのふゆゑ、夕暮悲し、
あな、あはれ、あすゆゑに、夕暮苦し、
あな、あはれ、身のゆゑに、夕暮重し。

愛の教

アンリ・ドゥ・レニエ

いづれは「夜《よる》」に入る人の
をさな心も青春も、
今はた過ぎしけふの日や、
従容《しようよう》として、ひとりきく、
「冬篳篥《ふゆひちりき》」にさきだちて、
「秋」に響かふ「夏笛」を。
(現世《げんぜ》にしては、ひとつなり、
物のあはれも、さいはひも。)
あゝ、聞け、楽《がく》のやむひまを
「長月姫《ながつきひめ》」と「葉月姫《はづきひめ》」、
なが「憂愁」と「歓楽」と
語らふ声の蕭《しめ》やかさ。

（熟しうみたるくだもの、
つはりて枝や撓《たわ》むらむ。）
あはれ、微風《そよかぜ》、さやさやと
伊吹《いぶき》のすゑは木枯《こがらし》を
誘ふと知れば、憂《う》かれども、
けふ木枯《こがらし》もそよ風も
口ふれあひて、熟睡《うまい》せり。
森蔭はまだ夏緑《なつみどり》、
夕まぐれ、空より落ちて、
笛の音《ね》は山鳩よばひ、
「夏」の歌「秋」を揺《そそ》りぬ。
　曙《あけぼの》の美しからば、
その昼は晴れわたるべく、
心だに優しくあらば、
身の夜《よる》も楽しかるらむ。
ほゝゑみは口のさうび花《くわ》、

もつれ髪《がみ》、髻《わげ》にゆふべく、
真清水《ましみづ》やいつも澄みたる。
あゝ人よ、「愛」を命の法《のり》とせば、
星や照らさむ、なが足を、
いづれは「夜《よる》」に入らむ時。

花冠

アンリ・ドゥ・レニエ

途《みち》のつかれに項垂《うなだ》れて、
黙然《もくぜん》たりや、おもかげの
あらはれ浮ぶわが「想《おもひ》」。
命の朝のかしまだち、
世路《せいろ》にほこるいきほひも、
今、たそがれのおとろへを
透《すか》しみすれば、わなゝきて、
顔背《そむ》くるぞ、あはれなる。
思ひかねつゝ、またみるに、
避けて、よそみて、うなだるゝ、
あら、なつかしのわが「想」。

げにこそ思へ、「時」の山、
山越えいでて、さすかたや、
「命」の里に、もとほりし
なが足音もきのふかな。

さて、いかにせし、盃に
水やみちたる。としごろの
願《ぐわん》の泉はとめたるか。
あな空手《むなで》、唇乾《かわ》き、
とこしへの渇《かつ》に苦《にが》める
いと冷《ひ》やき笑《ゑみ》を湛《たた》へて、
ゆびさせる其足もとに、
玉《たま》の屑《くづ》、埴土《はに》のかたわれ。

つぎなる汝《なれ》はいかにせし、
こはすさまじき姿かな。

そのかみの臈《らふ》たき風情《ふぜい》、
嫋竹《なよたけ》の、あえかのなれも、
鈍《おぞ》なりや、宴《うたげ》のくづれ、
みだれ髪《がみ》、肉《しし》おきたるみ、
酒の香《か》に、衣《きぬ》もなよびて、
蹈《ふ》む足も酔ひさまだれぬ。
あな忌々《ゆゆ》し、とく去《い》ねよ、

さて、また次のなれが面《おも》、
みれば麗容《れいよう》うつろひて、
　悲《かなしみ》、削《そ》ぎしやつれがほ、

指組み絞り胸隠す
双《さう》の手振《てぶり》の怪しきは、
饐《す》えたる血にぞ、怨恨《ゑんこん》の
毒ながすなるくち蝮《ばみ》を
掩《おほ》はむためのすさびかな。

また「驕慢」に音《おと》づれし
なが獲物をと、うらどふに、
えび染《ぞめ》のきぬは、やれさけ、
笏《しゃく》の牙《げ》も、ゆがみたわめり。
又、なにものぞ、ほてりたる
もろ手ひろげて「楽欲《げうよく》」に
らうがはしくも走りしは。
酔狂の抱擁《だきしめ》酷《むご》く
唇を嚙み破られて、
満面に爪《つま》あとたちぬ。
興《きよう》ざめたりな、このくるひ、
われを棄《す》つるか、わが「想」
あはれ、耻《はづ》かし、このみざま、
なれみづからをいかにする。

しかはあれども、そがなかに、
　行《おこなひ》清きたゞひとり、
きぬもけがれと、はだか身に、
出でゆきしより、けふまでも、
あだし「想」の姉妹《おとどひ》と
道異《みちこと》なるか、かへり来《こ》ぬ
——あゝ、行《ゆ》かばやな——汝《な》がもとに。
法苑林《ほふをんりん》の奥深く
素足の「愛」の玉容《ぎよくよう》に
なれは、ゐよりて、睦《むつ》みつゝ、
霊華《りやうげ》の房《ふさ》を摘みあひて、
うけつ、あたへつ、とりかはし
双《さう》の額《ひたひ》をこもごもに、
飾るや、一《いつ》の花の冠《かんむり》。

ホセ・マリヤ・デ・エレディヤは金工の如くアンリ・ドゥ・レニエは織人の如し。また、譬喩《ひゆ》を珠玉に求めむか、彼には青玉黄玉の光輝あり、これには乳光柔き蛋白石《たんぱくせき》の影を浮べ、色に曇るを見る可し。

訳　者

延びあくびせよ　フランシス・ヴィエレ・グリフィン

延《の》びあくびせよ、傍《かたはら》に「命」は倦《う》みぬ、
――朝明《あさけ》より夕をかけて熟睡《うまい》する
その﨟《らふ》たげさ労《つか》らしさ、
ねむり眼のうまし「命」や。
起きいでよ、呼ばはりて、過ぎ行く夢は
大影《おほかげ》の奥にかくれつ。
今にして躊躇《ためらひ》なさば、
ゆく末に何の導《しるべ》ぞ。
呼ばはりて過ぎ行く夢は
去りぬ神秘《くしび》に。
いでたちの旅路の糧《かて》を手握《たにぎ》りて、

歩《あゆみ》もいとゞ速《はや》まさる
愛の一念ましぐらに、
急げ、とく行け、
呼ばはりて、過ぎ行く夢は、
夢は、また帰り来《こ》なくに、

進めよ、走《は》せよ、物陰に、
畏《おそれ》をなすか、深淵《しんえん》に、
あな、急げ……あゝ遅れたり。
はしけやし「命」は愛に熟睡《うまい》して、
栲綱《たくづぬ》の白腕《しろただむき》になれを巻く。
――噫《ああ》遅れたり、呼ばはりて過ぎ行く夢の
いましめもあだなりけりな。
ゆきずりに、夢は嘲る……
さるからに、

むしろ「命」に口触れて
これに生《う》ませよ、芸術を。
無言《むごん》を禱《いの》るかの夢の
教をきかで、無辺《むへん》なる神に憧《あこが》る、事なくば、
たちかへり、色よき「命」かき抱き、
なれが刹那を長久《とは》にせよ。
死の憂愁に歓楽に
霊妙音《れいめうおん》を生ませなば、
なが亡《な》き後《あと》に残りゐて、
はた、さゞめかむ、はた、なかむ、
うれしの森に、春風や
若緑、
去年《こぞ》を繰返《あこぎ》の愛のまねぎに。
さればぞ歌へ微笑《ほほゑみ》の栄《はえ》の光に。

伴奏

アルベエル・サマン

白銀《しろがね》の筐柳《はこやなぎ》、菩提樹《ぼだいず》や、榛《はん》の樹《き》や……
水《みづ》の面《おも》に月の落葉《おちば》よ……

夕《ゆふべ》の風に櫛《くし》けづる丈長髪《たけながかみ》の匂ふごと、
夏の夜《よ》の薫《かをり》なつかし、かげ黒き湖《みづうみ》の上、
水薫《かを》る淡海《あはうみ》ひらけ鏡なす波のかゞやき。

楫《かぢ》の音《と》もうつらうつらに
夢をゆくわが船のあし。
船のあし、空をもゆくか、
かたちなき水にうかびて

ならべたるふたつの櫂《かい》は
「徒然《つれづれ》」の櫂「無言《しじま》」がい。

水の面《おも》の月影なして
波の上《うへ》の楫の音《と》なして
わが胸に吐息《といき》ちらばふ。

賦《かぞへうた》

ジァン・モレアス

色に賞《め》でにし紅薔薇《こうさうび》、日にけに花は散りはて、、
唐棣花色《はねずいろ》よき若立《わかだち》も、季《とき》ことごとくしめあへず、
そよそよ風の手枕《たまくら》に、はや日《ひ》数経《かずへ》しけふの日や、
つれなき北の木枯に、河氷るべきながめかな。

噫《ああ》、歓楽よ、今さらに、なじかは、せめて争はむ、
知らずや、かゝる雄誥《をたけび》の、世に類《たぐひ》無く烏滸《をこ》なるを、
ゆゑだもなくて、徒《いたづら》に痴《し》れたる思、去りもあへず、
「悲哀」の琴《きん》の糸の緒《を》を、ゆし按《あん》ずるぞ無益《むやく》なる。

＊

ゆめ、な語りそ、人の世は悦《よろこび》おほき宴《うたげ》ぞと。

そは愚かしきあだ心、はたや卑しき癡《し》れごこち。
ことに歎くな、現世《うつしよ》を涯《かぎり》も知らぬ苦界《くがい》よと。
益《やう》無き勇《ゆう》の逸気《はやりぎ》は、たゞいち早く悔いぬらむ。
春日《はるひ》霞みて、葦蘆《よしあし》のさゞめくが如《ごと》、笑みわたれ。
磯浜《いそはま》かけて風騒ぎ波おとなふがごと、泣けよ。
一切の快楽《けらく》を尽し、一切の苦患《くげん》に堪へて、
豊《とよ》の世《よ》と称《たた》ふるもよし、夢の世と観《くわん》ずるもよし。

*

死者のみ、ひとり吾に聴く、奥津城処《おくつきどころ》、わが栖家《すみか》。
世の終《をふ》るまで、吾はしも己が心のあだがたき。
亡恩に栄華は尽きむ、里鴉畠《さとがらすはた》をあらさむ、
収穫時《とりいれどき》の頼《たのみ》なきも、吾はいそしみて種を播《ま》かむ。
ゆめ、自《みづか》らは悲まじ。世の木枯もなにかあらむ。

あはれ侮蔑《ぶべつ》や、誹謗《ひばう》をや、大凶事《おほまがごと》の迫害《せまり》をや。
たゞ、詩の神の箜篌《くご》の上、指をふるれば、わが楽《がく》の
日毎に清く澄みわたり、霊妙音《れいめうおん》の鳴るが楽しさ。

＊

長雨空の喪《はて》過ぎて、さすや忽ち薄日影、
冠《かむり》の花葉《はなば》ふりおとす栗の林の枝の上に、
水のおもてに、遅花《おそばな》の花壇の上に、わが眼にも、
照り添ふ匂なつかしき秋の日脚《ひあし》の白みたる。

日よ何の意ぞ、夏花《なつはな》のこぼれて散るも惜からじ、
はた禁《とど》めえじ、落葉《らくえふ》の風のまにまに吹き交《か》ふも。
水や曇れ、空も鈍《に》びよ、たゞ悲のわれに在らば、
想《おもひ》はこれに養はれ、心はために勇《ゆう》をえむ。

＊

われは夢む、滄海《さうかい》の天《そら》の色、哀《あはれ》深き入日の影を、
わだつみの灘《なだ》は荒れて、風を痛み、甚振《いたぶ》る波を、
また思ふ釣船の海人《あま》の子を、巌穴《いはあな》に隠《かく》ろふ蟹《かに》を、
青眼《せいがん》のネアイラを、グラウコス、プロオティウスを。

又思ふ、路の辺《べ》をあさりゆく物乞《ものごひ》の漂浪人《さすらひびと》を、
栖《す》み慣れし軒端がもとに、休《いこ》ひゐる賎《しづ》が翁《おきな》を
斧《をの》の柄《え》を手握《たにぎ》りもちて、肩かゞむ杣《そま》の工《たくみ》を、
げに思ひいづ、鳴神《なるかみ》の都の騒擾《さやぎ》、村肝《むらぎも》の心の疵《きず》を。

＊

この一切の無益《むやく》なる世の煩累《わづらひ》を振りすてゝ、
もの恐ろしく汚れたる都の憂あとにして、
終《つひ》に分け入る森蔭の清《すゞ》しき宿《やどり》求めえなば、
光も澄める湖の静けき岸にわれは悟らむ。

否《あらず》、寧《むしろ》われはおほわだの波うちぎはに夢みむ。
幼年の日を養ひし大揺籃《だいえうらん》のわだつみよ、
ほだしも波の鷗鳥《かもめどり》、呼びかふ声を耳にして、
磯根に近き岩枕《いはまくら》汚れし眼《まなこ》、洗はばや。

＊

噫《ああ》いち早く襲ひ来る冬の日、なにか恐るべき。
春の卯月《うづき》の贈物、われはや、既に尽し果て、
秋のみのりのえびかづら葡萄《ぶだう》も摘まず、新麦《にひむぎ》の
豊《とよ》の足穂《たりほ》も、他し人《あだびと》、苅《か》り干しにけむ、いつの間《ま》に。

＊

けふは照日《てるひ》の映々《はえばえ》と青葉高麦《たかむぎ》生ひ茂る
大野が上に空高く靡《な》びかひ浮ぶ旗雲《はたぐも》よ。
和《な》ぎたる海を白帆あげて、朱《あけ》の曾保《そほ》船《ふね》走るごと、
変化《へんげ》乏しき青天《あをぞら》をすべりゆくなる白雲よ。

時ならずして、汝《なれ》も亦近づく暴風《あれ》の先駆《さきがけ》と、
みだれ姿の影黒み蹙《しが》める空を翔《かけ》りゆかむ、
嗚呼《ああ》、大空の馳使《はせづかひ》、添はばや、なれにわが心、
心は汝《なれ》に通へども、世の人たえて汲む者もなし。

嗟《と》嘆《き》

ステファンヌ・マラルメ

静かなるわが妹《いもと》、君見れば、想《おもひ》すゞろぐ。
朽葉《くちば》色《いろ》に晩秋《おそあき》の夢深き君が額《ひたひ》に、
天人《てんにん》の瞳《ひとみ》なす空色の君がまなこに、
憧る、わが胸は、苔古《こけふ》りし花苑《はなぞの》の奥、
淡白《あはじろ》き吹上《ふきあげ》の水のごと、空へ走りぬ。
その空は時雨月《しぐれづき》、清らなる色に曇りて、
時節《をりふし》のきはみなき鬱憂は池に映《うつ》ろひ
落葉《らくえふ》の薄黄《うすぎ》なる憂悶《わづらひ》を風の散らせば、
いざよひの池水に、いと冷《ひ》やき綾《あや》は乱れて、
ながながし梔子《くちなし》の光さす入日たゆたふ。

物象を静観して、これが喚起したる幻想の裡《うち》自から心象の飛揚する時は「歌」成る。さきの「高踏派」の詩人は、物の全般を採りてこれを示したり。かるが故に、その詩、幽妙を虧《か》き、人をして宛然自《さながら》から創作する如き享楽無からしむ。それ物象を明示するは詩興四分の三を没却するものなり。読詩の妙は漸々遅々たる推度の裡に存す。暗示は即《すなは》ちこれ幻想に非《あ》らずや。這般《しやはん》幽玄の運用を象徴と名づく。一の心状を示さむが為、徐《おもむろ》に物象を喚起し、或はこれと逆《さかし》まに、一の物象を採りて、闡明《せんめい》数番の後、これより一の心状を脱離せしむる事これなり。

ステファンヌ・マラルメ

白《はく》楊《やう》

テオドル・オオバネル

落日の光にもゆる
白楊《はくやう》の聳《そび》やぐ並木、
谷隈《たにくま》になにか見る、
風そよぐ梢より。

故国

テオドル・オオバネル

小鳥でさへも巣は恋し、
まして青空、わが国よ、
うまれの里の波羅韋増雲《パライソウ》。

海のあなたの

テオドル・オオバネル

海のあなたの遥けき国へ
いつも夢路の波枕、
波の枕のなくなくぞ、
こがれ憧れわたるかな、
海のあなたの遥けき国へ。

オオバネルは、ミストラル、ルウマニユ等と相結《あひむすん》で、十九世紀の前半に近代プロヴァンス語を文芸に用ゐ、南欧の地を風靡《ふうび》したるフェリイブル詩社の翹楚《げうそ》なり。「故国」の訳に波羅葦増雲《パライソウ》とあるは、文禄慶長年間、葡萄牙《ポルトガル》語より転じて一時、わが日本語化したる基督教法に所謂《いはゆる》天国の意なり。

訳　者

解《かい》悟《ご》

アルトゥロ・グラアフ

頼み入りし空《あだ》なる幸《さち》の一つだにも、忠心《まごころ》ありて、
　とまれるはなし。
そをもふと、胸はふたぎぬ、悲にならはぬ胸も
　にがき憂《うれひ》に。

きしかたの犯《をかし》の罪の一つだにも、懲《こらし》の責《せめ》を
　のがれしはなし。
そをもふと、胸はひらけぬ、荒屋《あばらや》のあはれの胸も
　高き望に。

篠《すず》懸《かけ》

ガブリエレ・ダンヌンチオ

白波《しらなみ》の、潮騒《しほざゐ》のおきつ貝なす
青緑《あをみどり》しげれる谿《たに》を
まさかりの真昼ぞ知《しろ》す。
われは昔の野山の精を
まなびて、こゝに宿からむ、
あゝ、神寂びし篠懸《すずかけ》よ、
なれがにほひの濡髪《ぬれがみ》に。

海光

ガブリエレ・ダンヌンチオ

児等《こら》よ、今昼は真盛《まさかり》、日こゝもとに照らしぬ。
寂寞大海《じやくまくだいかい》の礼拝《らいはい》して、
天津《あまつ》日《ひ》に捧ぐる香《かう》は、
浄《きよ》まはる潮《うしほ》のにほひ、
轟《とどろ》く波凝《なごり》、動《ゆる》がぬ岩根《いはね》、靡《なび》く藻よ。
黒金《くろがね》の船の舳《へ》先《さき》よ、
岬代赭色《みさきたいしやいろ》に、獅子の蹈留《ふみとどま》れる如く、
足を延べたるこゝ、入海《いりうみ》のひたおもて、

うちひさす都のまちは、
煩悶《わづらひ》の壁に悩めど、
鏡なす白川《しらかは》は蜘手《くもて》に流れ、
風のみひとり、たまさぐる、

洞穴口《ほらあなぐち》の花の錦や。

解説

矢野峰人

上田敏博士の訳詩集『海潮音』が東京の本郷書院から出版されたのは明治三十八年十月のことであるが、この一巻に収められた作品中最も早く発表されたものは三十五年十二月発行の文芸雑誌『万年草』に掲げられたダンテ・ゲブリエル・ロセッティの小曲二編（「小曲」「恋の玉座」）とロバアト・ブラウニングの「春の朝」とであり、最も新しいものは三十八年九月の『明星』を飾ったエレディヤ、ボドレエル、ヴェルハアレン、モレアス、マラルメ、オオバネル、グラアフ等七人の詩十編である。

博士が夙《つと》に詩を愛していたことは、幾多海外騒壇の新声紹介や英仏詩歌の断片的研究乃至《ないし》わが新体詩壇に対する批評を通して窺《うかが》われるのみならず、僅《わずか》に一回に過ぎずとは言え、三十一年早々「まちむすめ」と題する創作を発表していることによっても知られる。爾来《じらい》三十九年六月詞華集『あやめ草』に「汽車に乗りて」や「ちやるめら」を発表するまで、八年有半の久しきにわたって創作のなかったことは、よし芸術鑑賞の方面においては無比の稟質を有するにもせよ、もともと豊かなる創才には恵まれていなかった博士として怪しむに足りない。しかし、例えば二十九年二月発表の「サッフオの歌集」中に見出される断片詩のごとく、評論中に挿入《そうにゅう》された詩の部分訳が時折発見されるにしても、独立せる詩の全訳と呼び得るものが、三十五年正月の『心の花』に載った「びるぜん祈禱《きとう》」を除くならば、その年の暮、前記ブラウニングのピパの歌とロセッティの小曲二編の訳を見るまで現われなかったことは、われわれのまことに意外とするところである。

この事実は何を物語るか。三十二年の春以来その時までの博士が公にされた翻訳は、欧米作家の散文詩や小品や短編小説、さては長編小説の一部と言ったふうに、専《もっぱ》ら散文に限られていた。而して、それらが『みをつくし』と名づけられ、単行本として出版されたのは三十四年十二月のことである。かくて、訳者はこれを境界として、その翻訳に対する関心を新しく詩に向けるに至ったものと解してよかろう。

それにしても博士は、何を苦しんで、至難事中の至難事と言われる詩の翻訳にあえて当らんと決心するに至ったのであろうか。それは、博士が当時の文壇を眺めその将来を慮《おもんぱか》るの余《あま》り、翻訳を通して国文学を改善すると共に、文学に対する邦人の知的水準を向上せしめんと図ったこと、彼をして約言せしむれば、「一世の文芸を指導せむ」とするの一大抱負に発したものと断じて誤ない。博士が夙に細心精緻の学風を力説し幽趣微韻の文学を鼓吹したのは、評論を通して世人を啓蒙せんと欲したがためであるが、彼は今やさらに一歩を進めて、翻訳によりその実例を自ら提供せんと決心するに至ったのである。「西欧の詩文を翻訳する者は、外国の語に通ぜざるものに多少の新趣味、新智識を伝へむと試むるのみならず、日本の言語を以て、未だ曾《かつ》て無き一種の芸術品を製作し、以て清新の美を創成せむとするなり」という彼の言葉は、這般《しゃはん》の消息を最も明瞭《めいりよう》に伝えたものと言える。而《しか》して、「外国語と日本語とのやうに懸隔甚《はなはだ》しき場合には」翻訳に要する「その労力苦心は、純なる創作の時より甚し」いことは、当然覚悟せねばならないが、しかも「若《も》し成功あらば、その功をさを他に譲らざるもの」がある。また、これを「欧洲諸国の文学史に徴するに、文運の将《まさ》に盛《さかん》ならむとする時、或《あるい》は文芸の円熟する時、才幹ある士が、翻訳に全力或は余力を傾けたる例」は多い。而して、日本文壇の翻訳事業は森鷗外や二葉亭四迷等の努力により漸く緒に就《つ》かんとして、「学殖あり趣味ある人が才分を発揮すべき時」は来ているので、彼も自ら進んで泰西詩文の移植に当らんと志したのである。かくて、まず「柔軟撓《たわ》み易く幽婉《いうゑん》細微なる思想の濃淡を伝ふるに適する国文脈」の新しい散文の創造を意図して編まれたものが『みをつくし』なので、新文学の進路を指示する意味を籠《こ》めたものとして、この題名は極めて適切である。而して、『海潮音』は『みをつくし』編訳の抱負・意図を、韻文界にまで拡大・延長したものに外ならない。

それでは、訳者は移植すべき西詩を選択するに当り、いかなる標準によったか。しかし、それに先だち、われわれは、この訳者が当時の詩壇をいかに見ていたかを一瞥《べつ》しなければならない。

それは「文芸世運の連関」と題する一文中の左の一節に十分窺われる。――

「新体詩といふもの、これは学に篤《あつ》き若き人のすさびなれば、その辞の色多く、情の反《かへつ》て箇なるはもとよりながら、余《あまり》に世態と隔離したる歌なり。恋愛が絶好の詩材なること吾等《われら》常に認むるものなれど、今の世の恋歌よりも古今などのそれ遥《はるか》に人情にかなひ、幽婉なるその委曲と熱烈なるその景慕とを述べたるものならずや。新体詩人が歌ふ所の恋は果していかなる世の恋か。中世の騎士が艶《えん》なる手套《しゆたう》に猛獣の牙《きば》を敢《あへ》てせしそれにもあらず。南欧の詩聖が当年の騒客と共に、恋愛を純理の界に移して、女人を尊崇《そんすう》するに一種の哲学的談理と宗教的信仰とを以てせる類《たぐひ》にもあらず。徒《いたづ》らに潮の華を咏《えい》じ花の露を歌ひて何の熱沖《ねつちゆう》なく何の反問《はんもん》なきは怪訝《くわいが》の極《きはみ》といふべし。吾等のやうなる静平なる生涯をゆく者にも、思想の上には種々の難関あり、数多《あまた》の争闘あり、常に新なる生死の疑問はいふもさらなり、執着愛染《あいぜん》のほだしさはなるべきを、今の詩人が漫《みだり》に星を天上の花といひ、花を造化《ざうくわ》の命とよび、永遠暗黒など耳遠き語を列《つら》ねて、ひたすら一仏蘭西《フランス》詩人の面影を忍ばむとするは原《もと》の歌をしれる吾等にも無意義なるに、何ぞ一代の耳を傾けしむるに足らむ。新体詩に見ゆる自然の叙景にも、俳句にあらはれたるほどの清新なく、徳川の散文に見ゆる奇聳《きしよう》もなし。夕陽を歌ひ、潮声をうつす、皆西欧文学の微《かす》かなる余響に過ぎず。吾等は直接にかの国の語なる荘麗の体を誦《しよう》するか、或は去て「たけくらべ」などに見えたる清妍或は幽婉の姿、水際《みづぎは》だちたる好文辞を読むの優《まさ》れるを思ふ。実に今の小説は歪《ゆが》める筋無きにあらねど、活《いき》たる世相の一片なり。今の新体詩はさはいへど何時《いつ》の世の姿にもあらで、若き人のすなる戯《たはむれ》と見れば、真面目《まじめ》にすぎ、健《すこやか》なる男の歌としては、その恋の辞《ことば》など余りに稚《いとけな》げなりといはむか。」

この一文が公にされたのは明治三十二年一月の『帝国文学』においてで、『天地有情』上梓《じようし》に先だつこと僅《わずか》に一個月であることは大なる皮肉である。何となれば、ここに主として非難の対象とされているものが土井《つちい》晩翠《ばんすい》風の詩歌であることはあまりにも明瞭だからである。しかし、そこに併《あわ》せて非難されている恋愛詩の作者に至っては、特定の人を指しているのではなく、むしろ一般に当時流行の膚浅陳腐なる感傷文字を指したものと解すべきであろう。それは、この文より満一年の後に公にされた「文芸の本意」において、「今の新体詩に患《わづらひ》とする所は、その想の真摯《しんし》ならざるに在り、人生に対する思想も、また皮相に止《とどま》りて、深沈ならず。恋を歌ふや、古来の套句《たうく》を新に補綴《ほてつ》せしに過ぎず。史を詠ずるや、徒《いたづら》に唐詩を和らげたる観あり。かの哲理といふこちたきものを寓《ぐう》するを聞けば、理議の書なる他人の所説を述べしのみ。謂ふに人生と相渉《わた》るもの、何物か詩ならざらむ。人長じて生を思ひ、命を観じ情に激し、理を尋ぬ。詩は即ちその果なり。これに真摯の気ありてこそ意味ある詩といふ可《べ》けれ、無くんば即ち徒《あだ》なる技《わざ》のみ」と痛論した後、

「よのつねの例を仮りて、今の詩人の劣れるを言はむか。恋のなさけの切にして。そのあはれの永《とこ》しへなるは、百代の歌これを証《あ》かして余《あまり》あれど、今の新体詩に真《まこと》の悩《なやみ》ありや、疑はし。古《いにしへ》はしからざりき。紅のはつ花染の色深く、おもひし心われ忘れめや。君来ずばねやへも入らじ、濃紫《こむらさき》、わがもとゆひに霜はおくとも剴切《がいせつ》、をさをさ西邦の名句に劣るべしとも覚えざるもの、又かかる切なる恋せずば、知らず、別れもせずあらば、かかるいたみもあらざらましをといひけむ蘇国《そこく》詩人の絶唱は、今の律語を編む人に求むとも得難からむ。詩は業なり。虚に似て実なり。雪に思《おもひ》は深草のなにがしが情ありてこそ、一代の秀句、人のもてはやすに至らめ。われらの如き静平の生を営む者も、思想の上には、幾多の苦悶《くもん》あり、格闘あるを、詩人が人

生の帰趣に思至りて、熱烈の情を恣《ほしいまま》にする時、微温脆薄《ぜいはく》の情感を以て足れりとなさむや。涙を以て食を湿《うるほ》せしもの、始めて楽を知らむ。」と結んでいるのによって明らかである。而して、詩に尊ぶべきは「誠」であって、当代の邦詩に最も欠けたるものはまさにこれであるという思想は、これまた満四年を隔てた三十七年一月の「新体詩管見」と題する談話筆記においても繰返されているところである。

而して、ここに「誠」というのは、「真に感じた事を歌へ、歌ふ事の大小を択《えら》ばず、自分でしみじみと思つた事を詩にせよ」ということなので、ミュッセの言葉を借れば「小なりといえどもわが盃」を傾けよということに外ならぬ。もしその方向をもって各自の志す所、思想の赴く所に向ったならば、成功は期して待つべきである。されば、訳者としては、この「誠」からあふれ出た泰西名詩を選訳することによって、わが国詩人の思想の深化・感情の複雑化を図らねばならぬ。それにはその方面において邦人の間にまだあまりよく知られていない、しかも近世の詩人の作品を紹介する必要がある。ブラウニングはその思想の深遠性において、ロセッティは恋愛心理の複雑微妙さを明確に表現せる点において、それぞれ選ばれたのである。そして、この際、あえて邦人に親しみあるテニソンを採らず、さらに一世代溯《さかのぼ》ったキイツ、シェリィ、バイロンを顧みなかったのは、詩潮の推移・嗜好《しこう》の変遷を如実に示すことにより、清新の味を注入せんと図ったがためであろう。このことは、訳者がすでに明治二十九年十二月の『文学界』所載「ベツレヘムの星」の中で「吾邦《わがくに》のひと動《やや》もすれば英国の文学を説《とき》て、邦文の振はざるに比照すれど、かかるひとびとの好《このん》で唱《とな》ふる近英の詩文がいつも七八十年の古《いにしへ》に限れるは怪訝《くわいが》の極《きはみ》なり。湖派詩人の作といひ、南欧に飄零《へうれい》せし熱情の詞客《しかく》が歌といひ、または大英幾千万の民衆をして嬉《き》笑流涕《せうりうてい》せしめたる小説家の傑著といひ、実に一国の文学をかざる光栄なるべけれど、これ等の詩人作家世を辞して以来世界の思潮は流転して既に数十年の久しきにわたりぬ。この間好尚は改《あらたま》り、思想は転じ、清新の声調を齎《もたら》し伝へたる風騒の徒、また少《すくな》しとせざるなり。さるを今日の人僅にテニソンの流麗なる詞章を誦して、いまだブラウニングの戯曲的透察を愛せず、ロセッティの幽婉なる孤思、スウィンバアンの熱烈なる声調、ウィリアム・モリスの豊麗なる詩想に至りては、これを伝誦玩味《ぐわんみ》するもの実に寥々《れうれう》たり」と言っていること によっても明らかであるが、これがその頃の彼の信念であり持論であったことは、翌三十年九月『帝国文学』に掲げた「近英の散文」と題する一文において「上は沙翁《シエイクスピア》、スペンサアを出《い》でず、下はバイロン、シェリィに止《とど》めたる狭隘《けふあい》皮相の通読果して何の効かあらむ」と言い、翌月発表の「英詩の研究」において「近英文学に降《くだつ》て邦人の愛読する詩人はテニソン一人のみ。吾等は前桂冠詩宗の長処に対して、充分の尊敬を表すれども、近英の詩壇なほ別に大詩人あるを認む。ブラウニングの如き、ロセッティの如き、又ウィリアム・モリス、スウィンバアン、キプリングの如きは、往々テニソンの温柔なる詩風が到底企図すべからざる思想を鼓吹し、自然人生に関する観念に於て、幾段の進歩を為《な》せるに非ずや」とテニソンを抑《おさ》え、「近代の英文学を深く知らむと欲せば、必ずブラウニングの作を反覆精読して、彼が心理的透察力と戯曲的詩才とを味《あぢは》ひ、又ロセッティの幽麗なる詩歌を繙《ひもと》く可し」とブラウニング、ロセッティを推称していることによって明瞭である。そして、また、このことは、彼が三十五年に訳出した僅か三編に過ぎない英詩がブラウニングとロセッティのものであること、また二編に止《とど》まれる翌三十六年訳出の英詩がいずれもブラウニングのものであること、三十七年訳出の英詩はロセッティの小曲一編であることによっても裏書される。三十八年には沙翁およびクリスティナ・ロセッティ各一編の訳が発表され、共に『海潮音』に収められてはいるが、これはいずれも新訳ではなく、実は前々年なる三十六年五月発行の雑誌『青年界』の定期増刊『はな』のために執筆した「英文学に顕はれた花」中に挿入《そうにゅう》された旧訳に加筆したもので、他とは訳出の動機を異にしている。唯、「花くらべ」は同じ三十六年に訳出された民謡風の独逸《ドイツ》抒情詩につながり、一方

「花の教」は、その改稿の発表より三四個月後《おく》れて出たレニエの「花冠」と一脈相通ずるものを有《も》つために、『海潮音』に採録されたのであろう。しかし、それはちょうど「ルビンスタインのめでたき楽譜に合せて」訳出されたというハイネの「花のをとめ」が挿入されているのと同様、多少の変化を与えんがための採択と考えられないこともない。

このように、多少の例外はあるにしても、内外共に世上喧伝《けんでん》せらるる羅曼派《ローマンは》詩人ないしヴィクトリヤ女王朝の桂冠詩宗を斥《しりぞ》けて、ロセッティ、ブラウニングを採り上げたことは、訳者の真意が輓近体《ばんきんたい》詩風を紹介することよりもむしろ邦詩に欠けたる重要なものを補うことの方にあったことを示すものと言えよう。かくて、西欧詩壇の輓近体を示すために特に大量に訳出されたのが仏蘭西の高踏派並びに象徴派の詩歌である。『海潮音』に収められたる作品すべて五十七編の中《うち》、三十八年になって発表されたものの三十二編、この上に初出不明なるもこの年に訳出されたと推定されるもの少なくとも七編ある。すなわちこの一年間、厳密に言えばむしろ半年間に四十編に近い西詩が翻訳されていることは、殊《こと》に六、七、八、九の四個月にわたり、『明星』誌上、「象徴詩」「海潮音」「光明道」「白琺瑯」等の総題下、一度に、少なきも四編を下らず、多きは十編に及ぶ新訳が公にされていることは、まさに本邦詩壇未曾有《みぞう》の盛観と言うべく、またもって訳者がこの事業にいかに精魂を傾けたかを証するに足るであろう。
それでは、彼をして、かくも急激にこの方面に精力を集中せしむるに至ったものは何であろうか。

島崎藤村が既刊の詩集四巻を集めて『藤村詩集』と名づけ、新に総序を付して公にしたのは三十七年七月のことである。一時は彼と対立併称された晩翠は『海潮音』の著者のさして重きを置かざるところ、その後に泣菫《きゆうきん》・有明の二家踵《きびす》を接して現われ新様の詩風を競い、一方鉄幹また破調破格を交えた新作に気を吐かんとしてはいるものの、全体として見るならば、西欧晩近体の詩歌に精通せる博士にとっては、いまだ意に満たざるものが多かったに相違ない。それは、三十七年十一月刊行岩野泡鳴《ほうめい》の詩集『夕潮』に序した「新声を試むるは難く、旧調を守るは易き世の常とて、名は新体の詩人と称《とな》ふるも、調古るく想浅く、今の世の進みたる短歌よりもはるか後《おく》れたるものあり」という彼の言葉にも窺われる。

されば、海外騒壇の新声を紹介することは、わが詩壇に清涼剤と活力素とを注入し、新しい進路を打開せしむる生気を覚醒《かくせい》することになるであろう。それには、「これまで紹介されて居るが最も伝はること尠《すくな》い仏蘭西文学」「特に所謂《いはゆる》象徴派の新体を詳説すれば極めて興味ある詩文に接することを」可能ならしめるであろう。それは、「日本今日の新体詩はとかく晦渋朦朧《くわいじふもうろう》の評が至る処に高い。この晦渋朦朧の評を招くに連れて仏蘭西でも新派の詩が同様の反対を受けてゐるのを考へれば、この間に随分面白い類推を認めることが出来」るであろうからである。「今の日本新体詩人が新派の仏蘭西詩に精通して居るならばともかく、私の見る所では大概直接には何の関係もない人であるのに殆《ほとん》ど同様の結果を来《きた》すに至つたのはとにかく注目すべきこと」である。

これは明治三十八年四月の『新声』に掲げられた談話筆記であるが、『明星』に「象徴詩」と題する一群の詩――ヴェルハアレンの「法の夕」「水かひば」レニエの「銘文」「愛の教」「花冠」、ヴェルレエヌの「落葉」等六編――が発表されたのが六月のことであるのと併《あわ》せ考えるならば、『海潮音』所収の高踏派象徴派に属する詩人の数十二を数え、作品の数二十九に達せる理由も自《おのずか》ら明らかとなろう。

それでは、このような動機と標準とによって選択された作品はいかなる態度・用意をもって翻訳されたか。それは『みをつくし』の序の

「人情のきはみを尽し、世姿のまことを写して、たけ高く、いたり深きこれらの妙文を移さむとすれば、いきほひ古語を復活し、新語を創作して、声調の起伏、余韻の揺曳《えうえい》に考へ、旧態の様式を離れざるべからず」

という言葉が、そのまま『海潮音』の序に繰返されているのを見れば直ちに知られる

であろう。すなわち曰《いわ》く――

「異邦の詩文の美を移植せむとする者は、既に成語に富みたる自国詩文の技巧の為め、清新の趣味を犠牲にする事あるべからず。」

語彙《ごい》の方は、かく、古語を復活し新語を創造することによって西欧思想の陰影、感情の屈折を移すに適応せしめるとしても、声調・律格は伝統的なものを襲用して差支《さしつかえ》ないであろうか。訳者は三十七年一月の「新体詩管見」と題する談話筆記の中で次のように語っている。――

「不幸なことには日本の新体詩はまだ発達して居ない。第一その詩形が定まらないのである。七五と云ひ五七と云ふ是《これ》までの体裁では、今の世の人の思想感情を細かに憾《うらみ》なく歌ふことは仕難いのであります。それ故に真に文学を愛する心があっても、少し思想の緻密《ちみつ》な人々は稍ゝ《やや》新体詩を敬して遠ざけるやうな傾《かたむき》がある、即ち自分では国詩の発達を望んでいながら、到底今の状態では十分に自分の思ふ所を行へないと云ふので、散文の形式を以て新らしい思想を歌はうとする。今日世の中で美文と謂《い》ふのはこの人々の重《おも》に作る所であります。」……

つまり、不十分ながら七五・五七の調子よりもさらに都合よく思想を現わす文体があるので、自然それに向うようになる。しかし、これは賀すべきことではない。そこで、二十年来清新の詩形を求める人が多く出たが成功せず、不満足ながら七五で満足し、専門の新体詩家も詩形の問題を放擲《ほうてき》し、造語の奇警、内容の豊富をもって読者を感服させようとして、律語に欠くべからざる音楽上の約束を顧みないように見える。しかし、この難問を解決せねば新体詩は一部少数人のみの楽しむところとなり、明治文学に蹤《あと》を遺《のこ》さないようになるかも知れない。そこで是非とも詩形を研究せねばならないのであるが、それには過去の詩形を探究検討することも必要であり、また、七五調にしても、七や五を単位としないでこれを四三三二の単位に分解して研究するならば、或は意外なる結果が生ずるかも知れない、と、新しい考察を勧めている。

このように、『海潮音』の訳者は、単なる内容の移植のみを目的とせず、詩形の研究の参考資料をも併《あわ》せて提供せんとしているのである。否、作品選択のごときも、もし『みをつくし』編訳当時の目的をそのまま保持していたと仮定するならば、さまざまな詩形を試みるに適するような作品を選出するという方針に従っているとも考えられないことはない。これ、一方に民謡調あれば、他方に高踏派の壮麗体あり。これが訳出に七五を二つ重ねて荘重の趣を出さんとせるに対するものとしては、例えば「落葉」のごとく各行を単に五音に止めたるものあり、或は「春の朝」のごとく五音をもって一行とするものと、五五をもって一行とするものとを並べ、その中間に七音の一行を挿入せるがごとき試みの見られる所以《ゆえん》である。しかし、要するに、採用すべき律格選定の標準としたものは、「熟音の数を合せたるのみにて韻致は伝らず。欧洲語の弱強五脚律一行は日本の七五七一行ぐらゐと同じやうに響く場合もあり」という体験の声であった。アレキサンドリン一行を訳すのに七五七五の形を試みた理由も、前述の言葉によって自ら明らかとなろう。

『海潮音』の詩は、いずれもこのような態度の下に訳出された。而《しか》して、「翻訳は文芸である、『独案内《ひとり》』ではない」、換言すれば、独立した創作として鑑賞するに足らないようなものは、厳密な意味における文芸の翻訳ではない、という訳者の態度は、自《おのずか》ら逐字訳は必ずしも忠実訳にあらずというロセッティのそれと合致する。『海潮音』の詩が名訳と言われ、すでにわが国文学の古典となれるものの数多きも、まことに故あるかなと言いたい。

さらに注意すべきは、ここに訳出されている詩人なり作品なりは、いずれも訳者がすでに久しく親熟せるもののみであるという一事である。彼は学生時代すでにロセッティを紹介し、ブラウニングを論ぜるのみか、ボドレエル、ヴェルレエヌ、ロオデンバッハ、ヴェルハアレン等の名もまた、二十八年一月、ウィリアム・シャアプの「青年白耳義《ベルギー》派」と題する一文を基礎として書かれた「白耳義文学」によって伝えられ、越えて三月ヴェルレエヌを悼《いた》む文中にはルコント・ド・リイル、ステファンヌ・マラルメ、ホセ・マリヤ・デ・エレディヤの名がすでに散見するという有様である。この早期の「発見」こそ、後年訳者をして『海潮音』の自序において「訳者嘗《かつ》て十年の昔、白耳義《ベルギー》文学を紹介し、稍《やや》後れて仏蘭西詩壇の新声、特にヴェルレエヌ、ヴェルハアレン、ロオデンバッハ、マラルメの事を説きし時、如上《うへのごとき》文人の作なほ未《いま》だ西欧の評壇に於ても今日の声誉《せいよ》を博する事能《あた》はざりしが、爾来《じらい》世運の転移と共に清新の詩文を解する者、漸《やうや》く数を増し勢《いきほひ》を加へ、マアテルリンクの如きは、全欧思想界の一方に覇《は》を称するに至れり。人心観想の黙移実に驚くべきかな」と大なる誇りをもって回顧せしむるに至ったのである。

『海潮音』はこのように周到な用意と研究的態度とをもって編まれた訳詩集である。そして、それが、藤村によって新体詩が確立され、新しい展開と変貌とが詩人および読詩家によって翹望《ぎようぼう》されんとする転機に現われたのである。その影響が急速に波及浸透して、わが国詩壇を根本的に革新し、いわゆる「近代詩」なるものの生誕を促すに至ったのは怪しむに足らない。私は明治十五年刊行の『新体詩抄』によって促された新体詩の運動は、『海潮音』を境として前後二期に分たるべきものだと考える。試みに、この訳詩集出現以前の泣菫・有明の作品と、それ以後の彼等の作品とを比較対照して見よ。その取材・声調・律格・詩想展開の様式等の点において、いかに甚しい相違・変化のあることか。時としてほとんど別人の作たるかの観を呈せる場合さえ少くない。この二大家にしてなおかつしかり、俊髦《しゅんぼう》北原白秋・三木露風等をはじめとして、無数群小詩人の上に与えた影響に至っては枚挙に遑《いとま》ない。そして、この影響を蒙《こうむ》らなかったものは、結局時代後れの詩人として落伍せざるを得なかった。けだし、『海潮音』の新風に感染しなかったのは、その人の個性が強固だったためでなく、新しい美に対する感性が鈍磨《どんま》していたからである。

『海潮音』の影響と史的意義とは、主としてわが詩壇に象徴主義をはじめて移植しこれを開花結実せしめた点にある。しかし、訳者がその序において試みた解説は、その後明治四十二年五月の『帝国文学』において内藤濯氏が明示し、最近には島田謹二氏が指摘したように、専《もっぱ》らヴィジエ・ルコックの『現代詩歌』に拠《よ》ったもので、すでに作者たるヴェルハアレン自らが「たとえ草」"Parabole"と呼んだものを象徴詩視したところから生れたものであるから、これに倣《なら》って試みられたわが象徴詩的試作は、多く「諷喩《ふうゆ》」の域を出ないか、比較的成功せるものといえども、多分に観念象徴的色彩を帯びたものとならざるを得なかった。

かくて、象徴詩は、発生早々よりして難解・晦渋の譏《そしり》と共に、現実より游離《ゆうり》せるものとの非難を蒙らざるを得なかったが、ほとんど時を同じゅうして擡頭《たいとう》し急速に優勢となった自然主義的文芸観は、現実生活に取材せるものを口語自由詩形をもって歌うべきことを主張し、これに迎合する詩人も漸く数を加えきたったため、『有明集』一巻を記念碑として後に遺したまま、しばらくの間わが詩壇から影を潜めざるを得なかった。かく、わが象徴詩が短命に終らざるを得なかったのは、わが詩壇が象徴主義を必至とする究極点まで達しないうちに早くもこれを迎え入れたことに起因すると思われる。

しかし、ここに注意すべきは、『海潮音』の訳者は、自らもその序において「マラルメ、ヴェルレエヌの名家これに観る処ありて、清新の機運を促成し、終《つひ》に象徴を唱へ、自由詩形を説けり。訳者は今の日本詩壇に対《むかひ》て、専《もっぱ》らこれに則《のっと》れと云ふ者にあらず、素性の然らしむる処か、訳者の同情は寧《むし》ろ高踏派の上に在り、はたまたダンヌンチオ、オオバネルの詩に注げり」と言っているように、「現今の新詩界に、一つ更に新しい異色ある作風を勧めたい」「わが新詩界に多種の作風あらむことを望み、百花撩乱《れうらん》の時あらしめたいと思ふ心から、昨日奨《すす》めた一作風の他、更にまた一種の異色ある作風を今日推薦したいといふばかり」の心から、象徴の新体を紹介しているに過ぎず、従って、これをもって至上の詩歌とも最高の芸術とも言っていないという事実である。否、時と共に移り、対象と共に変貌し、そのあらゆる姿態を究《きわ》め色香を摂取することによりおのが生活を豊富にせんことを努める訳者は、一詩体にいつまでも固執することなく、転々たえず新風を追求し新体を創造することをこそ我人《われひと》の上に冀《こいねが》ったのである。

『海潮音』において復活されている古語雅言の数が果して幾何《いくばく》の多きに達しているかはいまだ詳《つまびらか》にしないが、その夥《おびただ》しい使用のためにこれが古典色を濃厚にしている事実は蔽《おお》い難い。このことは、この一巻に含まれたレニエやボドレエル、ヴェルレエヌと、『珊瑚集』に収められたこれら仏蘭西詩人の作品とを比較して見るならば、直ちに肯《うなず》かれるであろう。また、訳者の資性の自《おのずか》らしからしめたところとは言え、遥《はるか》に深刻なるべき「薄暮の曲」のごときものが、甚しく上品閑雅なものと一変しているがごとき場合もないではない。その他、あまりに自在流暢《りゅうちょう》なる読書力に禍《わざわい》されて犯した誤訳も二三ないではない。しかし、これらは何と言っても白壁《はくへき》の微瑕《びか》、本書の価値を寸毫《すんごう》も損《そこ》なうものではない。

『海潮音』こそは、その文学史的意義から言っても詩としての絶対的価値から言っても、永遠に残り、たえず感謝と驚嘆とをもって繙《ひもと》かれる名詩名訳集なのである。

最後に、本書に収録されている詩人に関する脚注をば、能《あた》う限りこの訳者の言葉によって付しておく。

ガブリエレ・ダンヌンチオ（Gabriele D'Annunzio, 1863-1938）の名声頻《しきり》に高く、全欧の文壇に紹介せられて、羅甸《ラテン》文芸復興の先駆と評せらる。「巌中の処女」「死の勝利」等の小説は豊麗の散文をもって、奔放の想を行《や》りしもの、極めて危険なる倫理観も、華奢《きやしや》なる名文に隠されて人の感嘆を強《し》いむとす。（十九世紀文芸史）

ルコント・ドゥ・リイル（Leconte de Lisle, 1818-94）「ポエエム・ザンティック」（一八五二）「ポエエム・バルバアル」（一八五九）「ポエエム・トラジック」（一八八四）「デルニエ・ポエエム」（一八九五）皆清冽《せいれつ》沈静の作品にして、一字も増減すべからず。毫《ごう》も個人の感情を交えざるこれらの名作は古今詩歌のうち罕《まれ》に見るところにして、詩社「パルナシヤン」の名を全欧に轟《とどろ》かしめたり。「ヒァルマルの心」「群象」「サクラ・ファメス」の詩皆一世の詩家を驚嘆せしめたる秀作にして、特に「正午」の歌に独創の風格と思想を伝えて、熱烈の情を、強いて冷静の器に盛りたるは、この大詩人の特調なり。（十九世紀文芸史）

ホセ・マリヤ・デ・エレディヤ（José Maria de Hérédia, 1842-1905）ルコント・ドゥ・リイルの衣鉢《いはつ》を伝えて「レ・トロフェイ」（一八九三）の小詩集に壮麗の「ソネット」を公にし、古史の事跡を叙し、南海東洋の瑰麗《かいれい》なる風色を写して、あたかも丹精の名什《めいじゅう》を成せるがごとし。（十九世紀文芸史）

シュリ・プリュドン（Sully Prudhomme, 1839-1907）哲学的眼光をもって、高俊の材を雅醇《がじゅん》の詩に作り、往々筆を恋愛に向けて珠《たま》のごとき抒情詩を作れり。（十九世紀文芸史）

シャルル・ボドレエル（Charles Baudelaire, 1821-67）が幽聳《ゆうしょう》の奇才は「悪の花」（一八五七）という詩集をもって病的作品を著《あら》わし、深く近代の詩人を動かしたり。「アルバトロス」（信天翁）の歌に詩人を海鵝《かいが》に比べ、青雲のあなたに翔《かけ》り風をあなどるの長翼はあれど、地に下りては却《かえっ》てそのために歩む能わずと嘆き、「夕暮の調」「破鐘」「梟」「猫」「人と海」の歌において世に珍らしき奇聳の想を吐けり。（十九世紀文芸史）

ポオル・ヴェルレエヌ（Paul Verlaine, 1844-96）の詩は、一種幽婉の風ありて縹緲《ひょうびょう》たる妙趣を具《そな》う。秋葉の凋落《ちょうらく》に飄零《ひょうれい》の生を哀《かな》しめる独創の詩最も高名なり。（十九世紀文芸史）

ヴィクトル・ユウゴオ（Victor Hugo, 1802-85）の詩才は世の熟知するところにして、細説を要せず、千八百二十二年の著「オウド・エ・バラッド」二十八年「レ・ゾリアンタル」において騒壇の令名を獲得し、二十八年の誕春千八百三十年二月二十六日悲壮劇「エルナニ」の興行をもってロマンティック派の旗幟《きし》を明らかにし「秋葉」（一八三一）「夕暮の歌」（一八三五）「内部の声」（一八三七）「光と陰と」（一八四〇）の後五十三年「レ・シャアティマン」の荘重なる律語を、五十六年傑作「レ・コンタンプラシオン」を、五十九年「ラ・レジャンド・デ・シエクル第一集」を著せしほか「都大路と森との歌」（一八六五）「恐ろしき年」（一八七二）「ラ・レジャンド・デ・シエクル第二集」（一八七七）「祖父となる術」（一八七七）「ラ・レジャンド・デ・シエクル第三集」（一八八二）「四風」（一八八二）をもって近欧芸苑《げいえん》の巨人たり。一生の作詩かくのごとく多きも文辞を成し、熱烈の調鐘鼓の楽を聞くごとく、変幻の妙、眼を眩《くら》ましむ。

さればこれらの名什多き詩巻より、いずれを選び出《い》で特に賞讃すべきかは容易ならぬ業《わざ》なれど、われは「レジャンド・デ・シエクル」中の「良心」及び「貧しきやから」の二編及び「コンタンプラシオン」中に「眠れるボーズ」をもって彼が絶唱とするのみか、仏蘭西詩歌の最高線と為《な》すを躊躇《ちゅうちょ》せざるべし。(十九世紀文芸史)

フランソア・コペエ (François Coppée, 1842-1908) は流麗の詞をもって、尋常生活の微韻を歌にす。

ウィルヘルム・アレント (Wilhelm Arent, 1864-?) 自然派に属するドイツの抒情詩人、俳優となって活動したこともあるが、『近代詩人気質』の編者としても知らる。

カアル・ブッセ (Carl Busse, 1872-1918) 「民謡詩人」と呼ばれるだけあって、平明の辞・素朴の調をもって能《よ》く普遍的な情感をうたう。一八九二年出版の『詩集』によってその詩才を認められた。

パウル・バルシュ (Paul Barsch, 1860-1931) ドイツの短編作家、批評家、ジャーナリスト。

オイゲン・クロアサン（Eugen Croissant, 1862–1918）ドイツの抒情詩人。

ヘリベルタ・フォン・ポシンゲル（Heriberte von Poschinger, 1849–?）「ハインツ・オッセン」という筆名のドイツ女流作家にして画家。

テオドル・ストルム（Theodor Storm, 1817–88）ドイツの抒情詩人、真摯《しんし》、温雅なる詩風をもって知らる。

ハインリッヒ・ハイネ（Heinrich Heine, 1797–1856）彼の詩は夢みるごとき幽婉の調を有して、多感の情緒に富み、たけ高き辞はなくも、直に人の肺腑《はいふ》を襲う。「ブッフ・デル・リイデル」（一八二七）の情熱は幾代の吟詠を経《ふ》とも冷《ひえ》ざるべく今に青春の子弟に愛せらる。（十九世紀文芸史）

ロバアト・ブラウニング（Robert Browning, 1812–89）詩風思想テニソンと全く趣を異にし、心理の透察性格の描写に比類なき名家なりと称せらる。語法に晦渋繁雑の弊はあれど、これその詩材の性質より生ぜるものにして手腕足らざるにあらず。彼が好んで用いる詩風は、一個の性格又は逸話を採り、分析解剖の術を尽して種々の方面よりその精髄に達せむとし、しかも殊《こと》に概括の論結を与えざるにあり。而《しか》して恋愛の高潔を歌い、自然の情興を詠じたる短編の抒情詩は、冗漫の瑕《か》、情痴の弊なき渾成《こんせい》の美術品なり。(十九世紀文芸史)

ウィリアム・シェイクスピヤ(1564-1616)沙翁《さおう》に対する真の態度は彼の作を詩として否《いな》詩の一部なる演ずべき劇として味うことである。沙翁はしばしば人生を夢に喩《たと》え又戯曲にたとえたがその詩人たる態度はここによく現われている。若き時の「真夏の夜の夢」より晩年の「冬物語」に結んだ一生の作は、芸術家の心持をよく現わして夢にあらずんばお伽噺《とぎばなし》、道徳家、宗教家、哲学者とは異なり、畢竟《ひっきょう》するに大悟した夢の夜を語る詩人であった。(沙翁に対する態度)

クリスティナ・ロセッティ(Christina Georgina Rossetti, 1830-94)ゲブリエルの妹にして誠心ある宗教詩人なり、簡樸にして情熱に富みしかも章句の円熟して瑕疵《かし》なきはこの女詩人が名を成せる所以《ゆえん》なり。熱烈にして同情燃ゆるがごときは Border Ballad と妙を一にし、自然の情興に人生の恨事を托して心神の懊悩《おうのう》を吐露するもまたその独得なり。(ロセッティの詩篇)

ダンテ・ゲブリエル・ロセッティ (Dante Gabriel Rossetti, 1828-82) 彼が半生の孤思を湛《たた》えし律語は、数編の古詩、「バラッド」体、十数の抒情歌、百有余編の「ソネット」となお他に数種の叙述詩および翻訳あるのみ。されど声調の婉美なる、透察の深邃《しんすい》なる、将《はた》また思想の幽遠なるにおいて、彼は優に西欧詩家の間に首位を占《し》むるを得べく、特に情熱の熾烈《しれつ》にして真珠を香木の焔《ほのお》に包みたる如き作品に至《いた》ては、英文学中その類を見ずというべし。(ロセッティの詩篇)

ダンテ・アリギエリ (Dante Alighieri, 1265-1321) 「ヴィイタ・ヌオヴァ」(新生) の歌を集め、散文を加えて、世に公にしたるは千二百九十二年のころならむ。この玲瓏《れいろう》優雅なる草子のうち、ベアトリチェの死を嘆きて、さしもあえかなる君はうせたりと歌いたる自然の調は、遠ながく愁人の恨を惹《ひ》き、又は恋の君の一周忌に、たれこめてただ何となく天人の姿をえがきつつありしあたりは、蜥蜴《とかげ》も眠むる伊太利亜《イタリア》の静なる夏を忍ばしめ、夕暮の柔き空の下に草花のかおり、野に満ちたるごとく、柔かき髪のにおい、恋の君の美舌、あわれしる友の悲歌など、かかるものは「ヴィイタ・ヌオヴァ」の後景にありて、しかも雅健清淡なる妙趣を損わず、情籠《こも》り、詞舒《の》びて、心のままの誠を歌い出《い》でたるこれら清新の体を読めば、ダンテ自ら「ドルチェ・スティル・ヌオヴォ」Dolce stil nuovo（清新体）と呼びしも理《ことわ》りならむ。（詩聖ダンテ）

エミイル・ヴェルハアレン（Émile Verhaeren, 1855-1916）二十八年一月の『帝国文学』創刊号所載の「白耳義《ベルギー》文学」が三十四年『文芸論集』に収められるに当り付加された「補遺」の中に「少白耳義の詩社近年に至《いたり》てまた一人の詩客を加ふ。エミイル・ヴェルハレンといふ」とあるのが、彼の名がわが国に紹介された最初のものであろう。三十三年六月に出た『十九世紀文芸史』の中にも彼の名さえないことは、この文の筆者が新進白耳義詩人に就いて多少の知識を得たのがその年の後半期に入ってからのことであることを示す。而して、後『海潮音』の諸所に挿入されたヴェルハアレンの評論「悲哀」の訳文は、三十四年五月にはやくも公にされている。

ジォルジュ・ロオデンバッハ（Georges Rodenbach, 1855-98）この訳者によって明治二十八年はじめて作品を伝えられた白耳義の詩人で、小説『死都ブリュージュ』の作者として知られ、近代における最も悲しい詩人と言われている。

アンリ・ドゥ・レニエ（Henri de Régnier, 1864-1936）フランスの詩人、はじめは象徴派に属していたが、後これを去って高踏派風の詩を書いた。また一度は律格を廃棄したが再び端厳な詩形に立ち還りこれを完璧《かんぺき》なものとした。

フランシス・ヴィエレ・グリフィン（Francis Viélé-Griffin, 1864-1937）亜米利加《アメリカ》生れのフランス象徴派詩人、夙《つと》に自由詩形を試む。

アルベエル・サマン（Albert Samain, 1858-1900）仏象徴派最後の詩人、詩友コペエにより「秋と黄昏の詩人」と評された。

ジァン・モレアス（Jean Moréas, 1856-1910）希臘《ギリシャ》人でありながらフランス詩人として一流の位置に上った人、その素地のしからしむるところ、象徴主義に反抗して古典主義の旗を翻した。

ステファンヌ・マラルメ（Stéphane Mallarmé, 1842-98）二十九年三月その名がはじめて伝えられ、三十一年七月発表の「仏蘭西詩壇の新声」が三十四年の『文芸論集』に収められるに当り、付加された「補遺」の中に「サムボリストの新派はステファン・マラルメを父とす。されば今彼の Le Cygne（白鳥）を録して所謂《いはゆる》新声の幽婉を感ぜしめむとす」と言ってこの詩一編を掲げてある。従って、この訳者がマラルメの作品にはじめて接したのは三十三年後半期のことと推定される。なお、「白鳥」は大正四年になって訳出、暮の『三田文学』を飾った。

テオドル・オオバネル（Théodore Aubanel, 1829-86）南仏プロヴァンスの詩人、フェリーブル詩社創立者の一人、「美の詩人」と呼ばる。

アルトゥロ・グラアフ（Arturo Graf, 1848-1913）イタリアの有数の文学史家。その詩は瞑想《めいそう》的、厭世《えんせい》的なる点に特色あり。

（昭和五十二年十一月、詩人・英文学者）

表記について

新潮文庫の文字表記については、原文を尊重するという見地に立ち、次のように方針を定めました。

一、旧仮名づかいで書かれた口語文の作品は、新仮名づかいに改める。
二、文語文の作品は旧仮名づかいのままとする。
三、旧字体で書かれているものは、原則として新字体に改める。
四、難読と思われる語には振仮名をつける。
五、漢字表記の代名詞・副詞・接続詞等のうち、特定の語については仮名に改める。

石川啄木著
一握の砂・悲しき玩具
—石川啄木歌集—
処女歌集「一握の砂」と第二歌集「悲しき玩具」。貧困と孤独の中で文学への情熱を失わず、歌壇に新風を吹きこんだ啄木の代表作。

神西清編
北原白秋詩集
官能と愉楽と神経のにがき魔睡へと人々をいざなう異国情緒あふれる「邪宗門」など、豊麗な言葉の魔術師北原白秋の代表作を収める。

斎藤茂吉著
赤光
「おひろ」「死にたまふ母」。写生を超えた、素朴で強烈な感情のほとばしり。近代短歌を確立した、第一歌集『初版・赤光』を再現。

島崎藤村著
藤村詩集
「千曲川旅情の歌」「椰子の実」など、日本近代詩の礎を築いた藤村が、青春の抒情と詠嘆を清新で香り高い調べにのせて謳った名作集。

伊藤信吉編
高村光太郎詩集
処女詩集「道程」から愛の詩編「智恵子抄」を経て、晩年の「典型」に至る全詩業から精選された百余編は、壮麗な生と愛の讃歌である。

高村光太郎著
智恵子抄
情熱のほとばしる恋愛時代から、短い結婚生活、夫人の発病、そして永遠の別れ……智恵子夫人との間にかわされた深い愛を謳う詩集。

福永武彦編
室生犀星詩集
幸薄い生い立ちのなかで詩に託した赤裸々な告白——精選された187編からほとばしる抒情は詩を愛する人の心に静かに沁み入るだろう。

与謝野晶子著
鑑賞/評伝 松平盟子
みだれ髪
一九〇一年八月発刊。この時晶子22歳。まさに20世紀を拓いた歌集の全399首を、清新な「訳と鑑賞」、目配りのきいた評伝と共に贈る。

白洲正子著
日本のたくみ
歴史と伝統に培われ、真に美しいものを目指して打ち込む人々。扇、染織、陶器から現代彫刻まで、様々な日本のたくみを紹介する。

白洲正子著
西行
ねがはくは花の下にて春死なん……平安末期の動乱の世を生きた歌聖・西行。ゆかりの地を訪ねつつ、その謎に満ちた生涯の真実に迫る。

白洲正子著
夕顔
草木を慈しみ、愛する骨董を語り、生と死に思いを巡らせる。ホンモノを知る厳しいまなざしにとらえられた日常の感懐57篇を収録。

白洲正子著
私の百人一首
「目利き」のガイドで味わう百人一首の歌の心。その味わいと歴史を知って、愛蔵の元禄時代のかるたを愛でつつ、風雅を楽しむ。

堀口大學訳

アポリネール詩集

失われた恋を歌った「ミラボー橋」等、現代詩の創始者として多彩な業績を残した詩人の、斬新なイメージと言葉の魔術を駆使した詩集。

堀口大學訳

ヴェルレーヌ詩集

不幸な結婚、ランボーとの出会い……数奇な運命を辿った詩人が、独特の音楽的手法で心の揺れをありのままに捉えた名詩を精選する。

高橋健二訳

ゲーテ詩集

人間性への深い信頼に支えられ、世界文学史上に不滅の名をとどめるゲーテの、抒情詩を中心に代表的な作品を年代順に選んだ詩集。

高橋健二編訳

ゲーテ格言集

偉大な文豪であり、人間的な魅力にもあふれるゲーテ。深い知性と愛情に裏付けられた言葉の宝庫から親しみやすい警句、格言を収集。

堀口大學訳

コクトー詩集

新しい詩集を出すたびに変貌を遂げた才気の詩人コクトー。彼の一九二〇年以降の詩集『寄港地』『用語集』などから傑作を精選した。

上田和夫訳

シェリー詩集

十九世紀イギリスロマン派の精髄、屈指の抒情詩人シェリーは、社会の不正と圧制を敵とし、純潔な魂で愛と自由とを謳いつづけた。

阿部知二訳
バイロン詩集
不世出の詩聖と仰がれながら、戦禍のなかで波瀾に満ちた生涯を閉じたバイロン――ロマン主義の絢爛たる世界に君臨した名作を収録。

片山敏彦訳
ハイネ詩集
祖国を愛しながら亡命先のパリに客死した薄幸の詩人ハイネ。甘美な歌に放浪者の苦渋がこめられて独特の調べを奏でる珠玉の詩集。

ヘッセ
高橋健二訳
幸福論
多くの危機を超えて静かな晩年を迎えたヘッセの随想と小品。はぐれ者のからすにアウトサイダーの人生を見る「小がらす」など14編。

高橋健二訳
ヘッセ詩集
ドイツ最大の抒情詩人ヘッセ――十八歳の頃の処女詩集より晩年に至る全詩集の中から、各時代を代表する作品を選びぬいて収録する。

阿部保訳
ポー詩集
十九世紀の暗い広漠としたアメリカ文化の中で、特異な光を放つポーの詩作から、悲哀と憂愁と幻想にいろどられた代表作を収録する。

ボードレール
三好達治訳
巴里の憂鬱
パリの群衆の中での孤独と苦悩を謳い上げた50編から成る散文詩集。名詩集「悪の華」と並んで、晩年のボードレールの重要な作品。

新潮文庫最新刊

内田康夫著
黄泉から来た女
即身仏が眠る出羽三山に謎の白骨死体。妄念が繋ぐ天橋立との因縁の糸が。封印されていた秘密を解き明かす、浅見光彦の名推理とは。

佐々木譲著
警官の条件
覚醒剤流通ルート解明を焦る若き警部・安城和也の犯した失策。追放された〝悪徳警官〟加賀谷、異例の復職。『警官の血』沸騰の続篇。

西村京太郎著
寝台特急「サンライズ出雲」の殺意
寝台特急爆破事件の現場から消えた謎の男。続発する狙撃事件。その謎を追う十津川警部の前に立ちはだかる、意外な黒幕の正体は！

北森鴻
浅野里沙子著
邪馬台
—蓮丈那智フィールドファイルⅣ—
明治時代に忽然と消失した村が残した文書に封印されていたのは邪馬台国の真相だった。異端の民俗学者蓮丈那智、最大のミステリ。

高橋由太著
もののけ、ぞろり 巌流島くるりん
京の都に姿を現した黒九尾。最強の黒幕を倒すべく剣を交えた伊織兄弟は、驚くべき真相を目の当たりにする。シリーズ最終巻。

福田和代著
タワーリング
超高層ビルジャック発生！　外部と遮断されたビルで息詰まる攻防戦が始まる。クライシス・ノヴェルの旗手が放つ傑作サスペンス。

海《かい》潮《ちよう》音《おん》

新潮文庫　う-2-1

昭和二十七年十一月二十八日　発　行
平成十八年九月二十五日　五十五刷改版
平成二十六年二月五日　五十八刷

訳者　上《うえ》田《だ》敏《びん》
発行者　佐藤隆信
発行所　株式会社 新潮社

郵便番号　一六二―八七一一
東京都新宿区矢来町七一
電話　編集部(〇三)三二六六―五四四〇
読者係(〇三)三二六六―五一一一
http://www.shinchosha.co.jp

印刷・二光印刷株式会社　製本・株式会社植木製本所
Printed in Japan

ISBN978-4-10-119401-1 C0192